Nathalie Azoulai

Les spectateurs

Gallimard

Ancienne élève de l'École normale supérieure et agrégée de lettres modernes, Nathalie Azoulai vit et travaille à Paris. Romancière, elle écrit aussi pour la jeunesse et le théâtre. Son sixième roman, *Titus n'aimait pas Bérénice*, a reçu le prix Médicis 2015.

À ma mère

« Loin, loin de toi se déroule l'histoire mondiale, l'histoire mondiale de ton âme. »

FRANZ KAFKA,
Journal,
Notes éparses de l'été 1922

I

On la regarde comme un papillon qui vient de se poser sur une fleur. Tout souffle suspendu, on attend qu'elle fasse un pas, un tout petit pas, ne serait-ce qu'un seul. En cercle autour d'elle, ils sont debout et immobiles. D'eux trois, elle ne regarde que lui. Elle met un pied devant l'autre mais, avant que son talon n'appuie contre le sol, sa jambe droite se froisse. Elle s'efforce de la tendre à nouveau, contracte son pied mais la force qu'elle y met ne remonte pas jusqu'à la cuisse et toute la jambe lâche. Elle retombe lourdement sur ses fesses. Ses parents soupirent, remuent la tête, puis se détournent.

Pas lui.

Il l'applaudit, lui sourit. Il l'encourage à se relever, tend sa main vers la sienne, lui dit, allez, recommence, mais elle ne prend pas sa main. Elle reste en tailleur quelques secondes puis sa jambe droite pivote vers l'intérieur et vient rejoindre sa jambe gauche, s'encastrer dedans, à l'oblique, tandis que son torse reste très droit. Bancale, en équilibre instable, elle est à deux doigts de basculer sur le flanc gauche. D'ailleurs, elle bascule.

Sa mère se précipite, s'agenouille, la relève, retourne sa jambe droite vers l'extérieur, mais dès qu'elle retire sa main, la jambe se remet à vriller vers l'intérieur. Elle recommence, la jambe aussi. Commence un bras de fer nerveux entre la main de sa mère et le genou de sa sœur. Arrête d'embêter mon amazone ! dit-il en se coulant tout près d'elle, au ras du sol, si près que ses paroles s'absorbent dans le tapis épais, comme toutes celles qu'il prononce quand il ne veut pas vraiment être entendu, ou seulement d'elle. Ce tapis contient leurs secrets. En le secouant suffisamment fort, il les rendrait peut-être tous. Mais, heureusement, personne n'entreprend jamais de le secouer.

Il sait qu'au seul nom d'amazone, sa mère voit toujours apparaître des images de cinéma, des crinolines à flanc de cheval. Son visage s'illumine un instant, doux et indulgent, comme le sien. Elle préfère de loin cette comparaison à celle qu'il emploie certains jours quand il traite sa sœur de culbuto.

Elle y est presque arrivée, dit-il.

Le médecin dit qu'elle ne doit plus se mettre debout, répond-elle.

Taisez-vous ! Ça va bientôt commencer, dit son père.

Le 27 novembre 1967, à 15 heures, le général de Gaulle, président de la République française, donne une conférence de presse. L'intervention dure une heure et demie. Elle a lieu dans la salle des fêtes du palais de l'Élysée devant un parterre de journalistes, des hommes en costume et cravate, quelques femmes aux chevelures mises en plis. Tous ont l'air d'être venus pour un thé dansant. Ce discours est retransmis en direct à la télévision et à la radio. Il y est d'abord question de l'Angleterre, de la livre Sterling et du Marché commun. Des barrières douanières et des réformes agricoles.

Un an plus tôt, pour fêter la naissance de sa sœur, son père propose d'aller acheter un poste de télévision. Sa mère se récrie, parle d'une dépense inconsidérée, le prix d'une voiture, regrette les grands écrans du cinéma. Elle répète tout le long du trajet, le cinéma, c'est moins cher et c'est plus grand. La télévision, ça change la vie, rétorque son père. Il paraît même que bientôt, les images seront en couleur. Du tac au tac, elle dit, *Becky Sharp*, le premier film en Technicolor, 1935. Avec Miriam Hopkins, tu te souviens d'elle ? Une actrice extraordinaire, ses robes pailletées, sa blondeur platine, plus belle en noir et blanc qu'en couleur d'ailleurs, ses cheveux étaient trop jaunes dans *Becky Sharp* alors qu'avant, ils brillaient comme du phosphore. La grande rivale de Bette Davis, ajoute-t-elle, mais son père ne l'écoute plus. Il lui tient juste la porte, la laisse entrer la première dans le magasin puis, sitôt dans l'allée centrale, accélère et la double.

Il hésite, ne sait pas s'il doit accélérer avec lui ou ralentir pour écouter les récits de sa mère enceinte et engoncée dans une robe rose pâle, moulée dedans jusqu'à son nombril qui pousse comme un mamelon sous le jersey. Quelle chaleur ! soupire-t-elle, Maria est incapable de faire des vêtements de grossesse. Mais il la soupçonne d'être la seule responsable de cette robe trop serrée, de ne pas pouvoir renoncer, même à un mois de l'accouchement, aux fronces, aux pinces et aux ceintures qui marquent la taille.

Dans le magasin d'électroménager, ils attendent. C'est là qu'ils sont venus acheter le réfrigérateur, le transistor, avec chaque fois ce sentiment glorieux d'atteindre la pointe ultime du progrès, de s'équiper comme des Américains. Sa mère ne regarde pas tant les appareils que les autres garçons de son âge qui déambulent entre les rayons. Il sait que, où qu'elle soit, elle le compare, cherche à vérifier s'il est comme eux, ou différent. Seuls ses cheveux le distinguent, quelques vaguelettes crépues qui ondulent sur le haut de son crâne qu'elle lui fait normalement couper court, à ras, avant même qu'elles ne se reforment. Si, de loin, elle peut imaginer qu'il a une chevelure aussi souple et soyeuse que les autres, des mèches où jamais le peigne n'accroche, il suffit qu'il s'approche pour qu'elle aperçoive les repousses briser l'illusion. Et comme il voit son regard se durcir, il entend déjà sa voix fixer au téléphone le prochain rendez-vous chez le coiffeur, puis soupirer, comme vous dites, déjà, oui…

Il caresse les écrans bombés, les boutons, les rainures métalliques. Son père lui demande plusieurs fois de ne pas y toucher. Il fait mine d'obéir mais il laisse quand même aller ses doigts à la surface des écrans. Sa mère ne bouge pas. Son ventre est bien plus bombé que tous les écrans. Et soudain, les postes tout autour d'elle deviennent comme elle des créatures gravides, chargées de livrer des vies nouvelles. Il répète le mot gravide à mi-voix, loin d'eux, dans l'allée. Il vient de l'apprendre en cours de sciences naturelles, il l'a tout de suite aimé, noté et souligné sur le cahier où il consigne ces mots inconnus avant de les étrenner à la maison. Chaque fois, ses parents le regardent puis se regardent, ravis que leur fils maîtrise aussi bien le français de France. Si sa mère demande parfois le sens du mot, son père ne s'y risque presque jamais. Et tandis que la tête de sa mère dodeline sur la définition qu'il donne, son père fixe sur lui des yeux impassibles. Il n'a besoin de rien d'autre pour mesurer l'enjeu qui lui incombe, la valeur du contrat dont il fait l'objet : être la solution à leur problème.

Sa mère regarde les images que diffusent les écrans ; elle n'aime pas trop ces réclames pour le vin. Son père répond qu'en France, le vin, c'est important, mais qu'il y en a aussi pour le lait, n'est-ce pas, monsieur ? Ah, répond sa mère, fatiguée, à qui le vendeur finit par apporter un siège. Le lait, c'est excellent pour les enfants, dit celui-ci. Surtout le lait de Normandie, précise-t-elle, en désignant son fils si grand, si blanc qui s'approche. Le vendeur n'a jamais vu ça, il a soudain l'impression que ces deux clients sont venus déverser dans son rayon des flots de liquides rouges et blancs, qui finissent par se mélanger sous ses yeux, l'engloutir dans une marée rose. Et pour ne pas croiser le regard agacé du vendeur, il s'éloigne de nouveau, préfère risquer de fâcher son père en retournant dans l'allée des postes plutôt que d'assister à ça. Le vendeur se ressaisit, précise que, de toute façon, ces publicités ne passent que quelques minutes par jour, sept exactement. Comment le savez-vous ? demande sa mère. Madame, c'est très réglementé et puis c'est mon métier, dit-il dans un sourire suave, je vends des téléviseurs toute la journée.

Sur le trajet du retour, elle peste, soupire, ne cesse de dire qu'elle déteste la télévision, que c'est le diable dans la maison, qu'elle préfère le cinéma. Elle verra désormais les films sans avoir à sortir de chez elle, dit son père, en chemise de nuit même si elle veut. Et pourquoi pas en chaussons ? Un film, ça se regarde habillée et maquillée, cingle-t-elle. Jamais elle ne supportera d'être ainsi diminuée face à toutes ces actrices pimpantes. Jamais elle ne tolérera un tel désavantage face aux bataillons de maquilleuses, de coiffeuses et d'habilleuses qui président à toutes leurs apparitions. Humiliée, elle éteindrait le poste aussitôt. Jamais, dit-elle, tu m'entends, jamais.

Sur le siège arrière, il suit l'affrontement sans prendre parti. Il est toujours partagé pendant leurs disputes, comme si une tige de métal divisait son corps, l'empêchait de pencher d'un côté ou de l'autre. Mais, là, sur la banquette, il bouge, se déplace vers le siège du conducteur, derrière son père, et entrevoit la possibilité que la télévision fasse enfin dériver le cinéma jusqu'à lui, que tout ce flot d'images que charrie sa mère depuis si longtemps lui parvienne enfin, bien qu'il la soupçonne un instant de ne pas vouloir le partager. Dans le rétroviseur, il croise le regard satisfait de son père.

Le 27 novembre 1967 est un lundi. Son père ne devrait pas être à la maison mais il est là. Comme lui qui, à 15 heures, devrait déjà être reparti en classe mais, exceptionnellement, il dit ne pas avoir école de l'après-midi. Il sait que sa mère aime le moment qui suit le déjeuner quand elle a tout rangé, mis la petite au lit et qu'elle peut enfin s'octroyer quelques instants de tranquillité. Souvent elle grignote un carré de chocolat, allume une cigarette, la seule de la journée, feuillette l'un de ses magazines. Juste avant de repartir en classe, il se niche avec elle sur le canapé, hume le parfum de la cigarette mélangé à celui du chocolat, cueille les bruits délicats de sa bouche, de la pulpe de ses doigts sur les pages. Pendant des années et quelques minutes par jour, il est seul avec elle, avant l'arrivée de sa sœur et de la télévision. Son souffle est doux, elle respire lentement.

Ils viennent de voir *Gilda*, lui dit-elle. En sortant du cinéma, le trottoir est si bondé qu'elle ne voit pas où elle met les pieds. Elle trébuche et tombe au milieu de la foule. Il continue à marcher sans se retourner, s'éloigne à grands pas. Elle l'appelle, masse sa cheville, mais il ne revient pas. Elle se relève seule, claudique, trottine jusqu'à lui. Sans la regarder, il lui explique que Glenn Ford a raison de ne pas céder aux caprices de cette diablesse de Gilda et de passer son chemin. Est-ce ainsi qu'on traite sa future femme, en la laissant choir sur le trottoir ? demande-t-elle puisqu'ils doivent se marier dans quelques semaines. Il lui jette alors le même regard implacable qu'à Gilda si elle était là, accélère. En rentrant chez elle, elle ne pleure pas, ne se morfond pas, n'a pas peur d'épouser un tyran trois mois plus tard, continue-t-elle. Elle ne pense qu'à la robe de Gilda, ne cesse, avant de s'endormir, de la contempler sur les pages de son magazine. Une robe est ce qui me reste d'un film, sinon on en sort les mains vides, avec l'impression de n'avoir acheté que du temps, deux heures tout au plus, ajoute-t-elle, avant que la vraie vie ne recommence. Sur l'une des photos du magazine, une étiquette en toile blanche épaisse se découpe sur le délicat satin noir : Rita Hayworth, Columbia. Ses yeux n'arrivent plus à s'en détacher : elle ignore si c'est à cause du gros grain de la toile ou de l'association merveilleuse que produisent ces trois noms ensemble, Rita, Hayworth, Columbia. Juste après, elle découvre celui de Jean Louis. En Amérique, dit-elle, les costumiers n'ont souvent que des prénoms, Jean Louis, Adrian, Irene, comme s'ils étaient les enfants d'une même famille. Ses parents refusent une robe aussi provocante à une jeune fille de seize ans. Elle concède qu'on la lui confectionne sans fente et dans un tissu plus discret que le satin noir, suggère le crêpe, le coton, le jersey, un nœud plus gros, n'importe quoi d'autre, mais la couturière de la famille répond en regardant son père que le problème vient de la coupe, pas du tissu. Elle argue aussitôt des larges plis qui se forment à la taille de Rita, de cette coupe qui n'est pas aussi seyante qu'on croit, regardez, dit-elle en tendant son journal et son index, ça bâille et ça pourrait bâiller encore plus, mais la couturière tranche, dit que ce ne serait plus un fourreau dans ce cas. Elle renonce et, sans un mot, forme le vœu de trouver un jour sa propre couturière, celle qui lui tiendra lieu de complice dévouée, comme il semblerait que toutes les grandes actrices aient eu la leur. Elle tourne la page du magazine, et, comme si d'un seul mot il pouvait réaliser un vœu depuis longtemps exaucé, il prononce le prénom de Maria.

Quand les livreurs arrivent à la maison, son père est sur le pas de la porte, pressé, obligé de partir à la clinique où sa mère est sur le point d'accoucher. Ils déposent le grand carton au milieu du salon. Maria est montée. Dans d'autres circonstances, c'est lui qui serait descendu chez elle pour ne pas rester seul mais ce jour-là, il faut aussi veiller sur le colis, superviser l'installation. Son père se poste à côté, avec l'envie de rester là plutôt que de se retrouver coincé dans la chambre d'une maternité entre une femme et un nouveau-né, puis s'en va. Maria fait observer que chez eux, il n'y en a pas encore, qu'il doit être si content. De toute façon, quand on coud, on ne peut pas lever les yeux. Elle ajoute que c'est une drôle de coïncidence que la livraison ait lieu le même jour que la naissance du bébé sans oser lui demander ce qui le met le plus en joie. Les livreurs annoncent qu'ils vont chercher leurs outils en bas, dans le camion. Elle ne cesse de dire « ton papa » et « ta maman », parfois seulement, « papa », « maman », comme si c'étaient aussi les siens, comme si cette naissance en cours déployait sur tout le monde une aile parentale. Avec ses amis, à l'école, il se contente de « ma mère » ou « mon père », et, quand il amène quelqu'un à la maison, il évite carrément de les appeler, se garde bien d'utiliser les seuls mots qui lui semblent à peu près convenir, seulement à peu près, des mots bâtards, importés, arrachés au mélange des langues, à l'instabilité des langues, laissés dans une sorte d'arbitraire indécidable, faute de mieux. Et qu'il ne sait même pas écrire avec certitude. Mummy. Papy. Des mots qu'il transforme à son tour en les amputant, en les réduisant à presque rien, des sons vaguement signifiants, des intentions vocales, à la limite de l'onomatopée et qu'il n'aime pas. Ma. Pa. Des mots rétifs, des monosyllabes froids, brandis comme des couteaux.

Il répond à Maria que ce n'est pas une coïncidence, que papa et maman, se force-t-il à dire avec le plaisir appuyé du pastiche ou du larcin, ont justement voulu fêter l'événement. Ça ne fait pas beaucoup, deux arrivées d'un coup dans une famille ? demande-t-elle. Soudain, il ne sait plus quoi répondre alors il se tait, fixe intensément ses yeux sur le grand carton, et, d'un tour d'imagination, y enferme Maria avec ses remarques, ses mots inappropriés, ses questions indiscrètes.

Si seulement Pepito, le fils de Maria, était là, ils seraient déjà partis ensemble dans sa chambre, auprès de son trésor. Pepito est le seul à pouvoir s'allonger sur le ventre avec lui et à se glisser sous son lit pour toucher le tas de papiers qui grandit depuis trois ans à l'abri des regards, sous les ressorts du sommier. Chaque fois, Pepito avance sa main comme vers un tas de plumes délicates, attend de croiser son regard et de l'entendre dire, il a sauvé la France, en s'empressant d'ajouter que lui aussi, il veut sauver la France, pour enfin poser ses doigts dessus. Et la sauver de quoi ? ose parfois Pepito. Il réfléchit, essaie de trouver des compléments, des dangers, mais à force, il comprend que le problème n'est pas là, que si la formule revient, c'est parce qu'elle tient toute seule, sans circonstances. Comme on se ronge les ongles, on veut sauver la France, dit-il une fois, c'est comme ça.

Les installateurs sonnent de nouveau à la porte. Il court leur ouvrir. Pendant un moment dont il ne sait s'il se compte en minutes ou en heures, ils vont et viennent au milieu du salon, autour du carton puis du poste. Maria n'ose plus parler. On n'entend que leurs souffles, le nom des outils qu'ils se réclament et se tendent comme des chirurgiens. Il goûte ce moment de silence et de concentration, cette fusion entre l'homme et la machine, les viscères et le métal, y voit la quintessence du progrès. Ils repassent enfin devant le poste et l'allument : en même temps que l'image apparaît, le téléphone sonne. Comédies, drames, mélodrames, vous y trouverez tout ce que vous voudrez, énumèrent joyeusement les techniciens.

Maria décroche le téléphone et lui annonce qu'il a une petite sœur.

Il se baisse, se penche vers elle pour lui tendre un cube, un jouet, colle son front au sien, si doux, si bombé, comme un écran. Il aime voir la forme de son squelette coïncider aussi précisément avec sa chair extrêmement tendue dessus, sans un pli. Il pense que c'est signe de santé et de vigueur. Sa mère les regarde en coin, fait mine de fixer le poste de télévision. Il sait qu'à l'instant où leurs crânes s'unissent, leurs deux chevelures se fondent en une seule masse épaisse, l'exact contraire de ce qu'elle espère pour sa fille, des cheveux blonds, fins et plats, comme ceux des autres fillettes du quartier qu'elle caresse pendant ses mois de grossesse, chez les commerçants, dans les files d'attente. Avec cet air distrait et dégagé bien qu'il sache qu'elle concentre au bout de ses doigts l'espoir de la conjuration et de la prémonition. En anglais, dit-elle une fois, le mot « fair » signifie blonde et belle, il suffit de regarder Miriam Hopkins ou Marlene Dietrich, ajoute-t-elle. Les regarder où ? demande-t-il pour qu'elle aille fouiller dans sa pile de magazines et revienne bredouille en disant qu'elle a surtout gardé ceux des années 1940 sans qu'il ose lui demander ce qu'elle a fait des décennies précédentes et des suivantes.

Pendant les premiers mois de la petite, elle fixe son duvet blond en priant certainement le ciel pour qu'elle n'ait pas à subir comme elle les pâmoisons jalouses auxquelles il assiste quand il l'accompagne au salon de coiffure. Vous avez de la chance d'avoir autant de volume, madame, des cheveux si épais, quel bonheur, disent les autres clientes tandis qu'une nouvelle employée finit toujours par lui demander si elle a des origines, laissant la phrase en suspens dans un jet de laque au-dessus de sa tête. Il voit sa mère qui sourit, croise le regard de la patronne, profite des secousses que lui intiment les derniers coups de brosse pour couler son acquiescement dedans, des origines ? oui, gratifier les questions incertaines de réponses tout aussi incertaines.

Mais sur le tapis, il est désormais aussi sûr que leur mère qu'ils ont les mêmes cheveux, que leurs deux têtes réunies forment une touffe brune et crépue qui lui déplaît tant qu'après tous ces mois d'espoir, elle détourne les yeux brusquement et lâche que sans réimplantation capillaire, jamais Margarita Carmen Cansino ne serait devenue la Rita Hayworth de la Columbia, que seul Hollywood pouvait transformer une telle malédiction. Pour faire diversion et contrer sa déception, il rugit comme un lion, une fois, deux fois, trois fois, leurs deux têtes fondues donnant des coups de crinière. Elle n'a jamais rien vu de plus drôle, se baisse pour les embrasser ensemble, agréger sa propre chevelure aux leurs, comme un sang. Puis elle précise que c'est exactement comme le lion de la MGM, que L. B. lui-même a tenu à ajouter ce troisième rugissement, surprenant, légèrement décalé, elle ne s'y attend jamais, exactement comme celui qu'il vient de faire. *L. Bi.* ? répète-t-il sans comprendre.

Louis B. Mayer, le patron de la MGM. Tout le monde l'appelait par ses initiales, *L. Bi.*, à l'américaine.

La première fois qu'il amène Pepito chez eux, sa mère dit qu'il porte bien son nom à cause de ses boucles et de ses yeux chocolat. Elle le dévisage longuement. Il sait qu'elle cherche comme toujours une ressemblance, qu'elle est sur le point de dire James ou John ou Bill quelque chose, mais aucun nom d'acteur américain ne sort ce jour-là, ce qui ne l'empêche pas de recommencer toutes les fois suivantes, en concluant que c'est là, sur le bout de sa langue, que ça lui reviendra. Sa mémoire a engrangé tellement de références hollywoodiennes qu'elles s'activent comme des réflexes, des antennes, des doigts dans le noir, se déclenchent au moindre stimulus, avides de reconnaître tout ce qui apparaît.

Curieusement, Pepito ne cesse de répéter qu'il aurait aimé avoir un petit frère. Si devant les autres donc, il évoque sa sœur comme une corvée, une chose qu'il doit surveiller, garder, en présence de Pepito, sous ses airs bravaches, il laisse affleurer sa tendresse. Douze ans les séparent. Certains s'étonnent, le plaignent. Un bébé, la plaie, disent-ils. Il déteste cette expression mais ne rabroue personne, chasse toutes les images de sang et de pus qui surgissent. Une fille du quartier suggère que ce sont les mystères de la nature, qu'une femme peut bien avoir un enfant un jour puis plus jamais, ou seulement douze ans plus tard. Elle donne à ses propos l'autorité impérieuse des initiés sans se douter qu'elle confère à cette progéniture l'aura fantasque des lignées bibliques. Il se garde bien de préciser que ses parents sont arrivés en France exactement douze ans plus tôt. À peine s'il dit qu'il a été conçu là-bas, à peine s'il ne l'oublie pas à force de penser qu'il est né ici.

Mais quand il est seul avec elle, elle devient un talisman de chair qu'il touche, malaxe, hume à pleins poumons, surtout lorsqu'il enfouit son nez dans le creux de sa nuque, trouve entre les bords incurvés un abîme de douceur. Sa mère le rabroue parfois en le priant de ne pas respirer si fort à côté d'elle.

Elle naît au mois de septembre et, quand elle a huit mois, il déclare fièrement que c'est son premier printemps. À peu près au même moment, il remarque la disposition étrange de sa jambe droite quand elle s'assoit en tailleur. Pendant plusieurs jours, il ne pose aucun mot sur ce qu'il voit mais quand il passe près d'elle, il se baisse et la repositionne comme on redresse un objet qui s'affaisse tout le temps. Il prend soin de ne mettre dans son geste qu'une intention mécanique dénuée d'inquiétude, à la limite du gag, parvient même à ne plus avoir l'air étonné. Pourtant chaque fois, il forme l'espoir que son effort opère, que la jambe tienne, que le problème soit définitivement réglé. Il agit d'abord avec douceur puis avec plus de rudesse, comme pour s'assurer qu'elle n'éprouve aucune douleur, qu'il n'y a à cet endroit-là de son corps aucun mal. Un jour, sa mère s'étonne, qu'est-ce que tu fais ? Je redresse sa jambe mais... Mais quoi ? Elle se replie tout le temps, c'est bizarre... Le regard de sa mère se modifie instantanément : d'autres craintes s'agglomèrent aussitôt à la sienne, antérieure et informulée, l'empêchent de penser qu'elle est la seule à s'en faire plus que de raison, la sortent de la solitude pour la plonger dans l'inquiétude.

Ensuite, c'est une traînée de poudre dont il se sent responsable, les paroles de son père qu'il voudrait balayer, c'est vrai, dit-il, le sourcil froncé, puis celles de Pepito qui précise que les bébés qu'il connaît ne s'assoient pas comme ça, ou de Maria qui suggère de mettre un objet entre les jambes de la petite, pour voir. Tant et si bien que, dès qu'il le peut, il préfère la mettre sur le ventre ou l'allonger sur le dos, pour ne pas voir. Mais plus elle grandit, plus elle reste assise. Sa mère se félicite, son dos est en train de se former. Sous sa peau, il imagine un corail blanc qui s'étend, se ramifie, qu'il doit laisser croître et ne pas écraser.

Sans oser le formuler, au fil des mois, toute la famille réévalue ses ambitions à la baisse, et en vient à espérer, non pas que ce bébé en âge de marcher fasse enfin ses premiers pas, mais seulement qu'en position assise, sa jambe droite cesse de vriller vers l'intérieur. Et cette réévaluation qui pourrait passer pour de la patience ou un simple accommodement avec la réalité s'exhale dans le même soupir inquiet.

Le 27 novembre 1967, alors que la conférence va bientôt commencer, que son père l'attend impatiemment ; tout en préparant le déjeuner, sa mère annonce : J'ai vu le médecin ce matin. Tu étais habillée comme ça ? dit-il d'emblée. Oui, bien sûr, tu n'aimes pas ma robe ? C'est un modèle que portait Gloria Grahame dans *The Bad and the Beautiful*. Ou bien était-ce dans *Human Desire* ? Je ne sais plus. Elle portait bien les robes en tout cas malgré son air méchant, tout aurait été différent pour elle avec quelques millimètres de chair en plus, là, sur le haut de sa bouche, sur sa lèvre supérieure, c'est bizarre qu'ils ne l'aient pas opérée alors qu'ils opéraient tout le monde. Et la voilà qui quitte les vapeurs de la cuisine où une casserole d'eau bout à gros bouillons pour aller vers le petit meuble du salon où sont rangés ses magazines, qui s'agenouille et fouille pour retrouver celui qu'elle a tendu à Maria quand elle lui a commandé la robe. Elle déteste confondre ses références, douter ; elle aime les dégainer, claires et nettes, comme si son autorité garantissait leur existence et leur pérennité, comme si elles avaient le pouvoir de faire apparaître Gloria Grahame là, devant eux, dans la pièce.

De là-bas, elle n'a pas rapporté grand-chose, quelques vêtements, quelques objets, sa pile de *Photoplay*. Il lui demande souvent de lui décrire ce moment où il a fallu faire ses valises, il veut qu'elle lui raconte par le menu comment on s'y prend pour quitter sa maison, son pays, ce qu'on décide d'emporter, de laisser, le regard qu'on pose sur ses choses, le temps dont on dispose pour faire ce tri. Il s'accroche au fait que sa mère était enceinte, parce qu'il l'a déjà vue enceinte, à la rondeur de son ventre, à sa façon d'être alourdie, pour catalyser la scène, fixer la vision car, à ses questions, elle répond toujours évasivement ou répète, agacée, mais je ne sais pas, je ne me rappelle plus. Parfois il change de stratégie, suggère une application concrète, au présent, comment fais-tu, par exemple, pour emporter tes magazines ? Elle passe plusieurs heures à les trier. Et quand il la voit saisir la perche et l'entend répondre au présent, il enchaîne. Combien ? Deux, trois heures, plus ? Elle ne se souvient pas précisément. Que ressens-tu ? Seulement que c'est désagréable car elle doit choisir d'après les couvertures, très vite, entre Olivia de Havilland et Joan Fontaine, Bette Davis et Joan Crawford, déjà tellement ennemies dans la vie, quand, ce qu'elle aime le plus, c'est justement balancer entre l'une et l'autre, les préférer tour à tour en fonction des films, des rôles, des ragots qui circulent à leur sujet. Comment t'y prends-tu alors ? Comme je n'ai pas le temps de feuilleter les magazines, je juge d'après la couverture, et je fais défiler à toute vitesse les images dans ma tête, les maris, les robes, les coiffures, tout. Combien en prends-tu ? J'ai dû en laisser une grande partie, la moitié peut-être, comment savoir, je n'ai pas eu le temps de compter, seulement d'évaluer les deux piles. Ceux qu'elle emporte, elle les attache solidement, s'imagine voguer sur les mers avec son petit fagot de papier, et, en cas de naufrage, s'y cramponner, agripper ses doigts au nœud de la ficelle. Ceux qu'elle n'emporte pas, elle ne sait pas, quelqu'un les aura fait brûler. Soudain ses yeux s'embuent sans qu'il puisse déterminer si c'est à cause de la sensation de fumée ou de la tristesse. Et, alors que ses rafales de questions devraient l'avoir épuisée, elle poursuit. C'est ton père qui m'achetait mes *Photoplay*. Elle aimait le voir arriver une fois par mois avec le volume sous le bras qui, dès qu'il passait la porte, se retrouvait entre ses mains à elle, avides, impatientes, lâchant tout pour feuilleter les pages, dévorer les photos, les dessins, les publicités, lire les légendes en anglais et à haute voix. Et quand elle proposait de l'acheter elle-même avec le reste des courses, il refusait tout net, insistait pour détacher cet achat des autres achats, approvisionner ses rêves sans les mélanger ni les toucher puisque, chaque fois, il déposait l'objet sur la table, avec le même commentaire, tiens, ton magazine, je ne sais vraiment pas comment tu peux lire ça alors qu'il y a tant de problèmes dans le monde, et elle d'afficher un sourire ravi, jaloux, souverain.

Mois après mois, la pile grandit, jusqu'à former une tour instable qu'elle finit par ranger à l'horizontale pour pouvoir en extraire ses numéros sans que tout s'écroule. Et quand la couturière de la famille lui suggère de ne pas apporter tout le magazine mais de déchirer seulement la page concernée, elle se récrie et se jure de ne jamais subir une telle avanie. Il s'étonne du mot qu'elle emploie mais ne l'interrompt pas.

Une fois en France, pour remplacer *Photoplay*, il lui apporte plusieurs autres revues et, sans conviction, elle finit par en adopter une. Pour ses robes cependant, elle continue à s'inspirer de *Photoplay*. Après tout, dit-elle, le paradis, c'étaient les années 1940, l'heure de gloire, ensuite tout s'est gâté. Une fois, il lui fait remarquer que les années 1940 étaient pourtant des années de guerre. Pourquoi ça s'est gâté ? demande-t-il, au contraire, la guerre s'est terminée. Non, après, les studios hollywoodiens ont perdu leur pouvoir et nous, on nous a expulsés. Nous avons tous été chassés du paradis. Eux et nous. Des heures qui menacent cette heure de gloire pourtant elle ne dit rien.

C'est bien *The Bad and the Beautiful*, affirme-t-elle en revenant dans la cuisine, robe en crêpe georgette blanc avec plissé soleil et jabot moussant. Mais tu vois, j'ai renoncé au jabot, ça faisait vraiment trop cher en tissu. Et puis, Maria se serait épuisée. Alors qu'a dit le médecin ? demande incidemment son père tandis qu'elle dessine de grands gestes avec ses bras, ses casseroles, amplifiant chaque manipulation pour se donner de la marge, ne pas risquer de se tacher, préférant tous ces efforts et toutes ces précautions à l'idée de troquer sa robe contre une vulgaire tenue de maison.

Peu après qu'il a prononcé le mot « bizarre »,
elle prend rendez-vous à l'hôpital. Son père décrète
que cette jambe va se remettre toute seule, qu'il ne
l'accompagnera pas à l'hôpital pour si peu. Alors,
tandis qu'elle est sur le pas de la porte avec la
petite dans les bras, sans regarder son père, il s'entend dire, attendez-moi, moi, je viens avec vous.

Partout s'affiche le nom Hôpital des Enfants
Malades, sur les panneaux, les frontons. L'idée
que la petite est une enfant malade leur glace les
sangs. Ils marchent dans les allées sans regarder ni parler. Une fois dans le bâtiment de la
consultation, devant les femmes en blanc qui lui
demandent son nom, son adresse, sa mère baisse
les yeux vers son buste, puise son courage dans le
bleu changeant de sa robe, enchantée de n'avoir
qu'à baisser la tête pour regarder le ciel, lui glisse-
t-elle discrètement.

Elle avance dans le grand couloir au milieu
d'une mer hostile. À sa suite, il ramasse les
regards aigres, absorbe les débuts de commentaires des autres mères. Sa robe bleue lui semble
soudain fluorescente. Et, quand enfin elle s'assoit,

38

il sourit aux autres femmes, comme pour leur signifier qu'elle est non seulement la plus belle d'entre toutes mais qu'en plus, si la petite était aussi malade que leurs enfants, elle n'oserait pas porter de telles couleurs.

Dans la salle d'attente, elle la laisse dans sa poussette, évite tant qu'elle peut de la prendre dans ses bras, de crainte de froisser l'étoffe, car elle a beau toujours expliquer à Maria, vous savez, moi, je porte un bébé la plupart du temps, et un bébé qui ne veut pas marcher, il me faut un tissu qui ne marque pas. Ava Gardner n'a pas eu d'enfants, quant à Lana Turner, elle n'a pas dû la porter très souvent sa malheureuse fille... Leurs enfants à elles, c'était pour les photographes, mais le reste du temps, ils étaient avec des nurses. Maria opine du chef mais confie qu'elle se laisse parfois prendre au jeu, n'imagine pas vraiment sa cliente ailleurs que sur des plateaux de cinéma. Cette remarque la touche si profondément qu'elle rend le compliment, précise qu'elle est beaucoup plus qu'une cliente.

Dans la salle de consultation, tout le monde est en blanc. Même assise, sa robe bleue continue à faire tache. Pour amoindrir sa gêne, il effectue un tour mental qu'elle lui a enseigné, voir le monde en noir et blanc. C'est reposant, dit-elle. Il se concentre, s'applique à faire apparaître devant lui un camaïeu de contrastes et de nuances sans conséquences, un ensemble placide de noirs et de blancs et, quand la secrétaire appelle enfin le nom de sa sœur, la robe bleue est devenue grise. Sa mère remet la petite aux médecins et revient s'asseoir près de lui.

Médusés, ils observent les grandes mains palper,

manipuler, écarter les jambes minuscules. Chaque geste leur fait craindre qu'elles ne se déchirent comme des ailes de papillon, mais les doigts du médecin semblent rendre la chair blanche prodigieusement élastique.

La première chose qu'elle claironne en rentrant, c'est que son médecin, celui de ta fille, corrige sèchement son père, mais elle poursuit, mon médecin ressemble à Robert Taylor. Elle s'agenouille près de sa pile, en extrait un numéro et le brandit : un très bel homme, beaucoup d'allure, n'est-ce pas ? Il ne sait pas si elle se venge de la défection de son père ou si elle fait fondre l'inquiétude sous le charme puisque, à la fin de la consultation, le médecin a prescrit toute une batterie d'examens. Il a longtemps été avec Barbara Stanwyck, reprend-elle, une sacrée femme, l'actrice la mieux payée de Hollywood à une certaine époque, une mangeuse d'hommes, rien à voir avec ce qu'elle est devenue. Elle finit en jurant qu'elle ne portera plus jamais de couleurs vives pour se rendre à l'hôpital, qu'au royaume du blanc, elle sera en blanc, quitte à passer pour une invitée cherchant à éclipser la mariée. N'est-ce pas que c'est le portrait craché de Bob Taylor ? demande-t-elle en brandissant devant ses yeux un *Photoplay*.

Ils prennent place tous les trois autour de la salade de concombres qu'elle leur sert lentement pour s'épargner les projections d'huile, ne pas tacher sa robe blanche, leur raconte la consultation du matin dans ses moindres détails sans se rendre compte que son père s'impatiente, se raidit, si bien qu'au moment où elle apporte le plat de spaghettis en sauce et commence à remplir chaque assiette, il demande : qu'est-ce qu'elle a exactement ? Oh, une luxation congénitale de la hanche, répond-elle le plus platement du monde, comme si ces mots avaient toujours fait partie de leur vocabulaire. Son père fixe l'assiette de spaghettis fumants qu'elle vient de lui servir puis, au bout de quelques secondes, enroule quelques pâtes autour de sa fourchette, les porte à sa bouche. Mais il les recrache aussitôt. Il lui rappelle qu'il déteste manger si chaud et qu'elle le sait. Et, d'un geste, il retourne son assiette pleine sur la table, sous les yeux de sa mère qui n'a pas le temps de s'écarter pour éviter les projections de sauce sur le haut de sa robe blanche. Puis il va s'asseoir dans le fauteuil devant la télévision.

La sauce rouge coule depuis le sommet du tas de pâtes jusque vers les bords de la table. Il bondit de sa chaise et, pour faire quelque chose, relève les coins de la nappe, afin que la sauce ne coule pas sur le tapis. Cette attention de ménagère le surprend lui-même mais il faut bien opposer un geste prévenant à toute cette violence. Sa mère lui caresse l'épaule tout en frottant les taches rouges sur sa robe blanche avec le coin d'une serviette mouillée puis, d'un regard, l'incite à quitter la pièce. Heureusement que j'ai renoncé au jabot, murmure-t-elle. Il ramasse sa sœur au pied de la table et l'emporte, s'en fait une contenance alors qu'il ne sent plus ni ses bras ni ses jambes, et, comme si elle n'y suffisait pas, il revient en courant, les bras chargés de sa sœur d'un côté et du gros dictionnaire qu'il vient de recevoir pour ses treize ans de l'autre. Encore un peu essoufflé, il explique que congénital veut tout simplement dire de naissance, que ce n'est pas forcément grave.

À son avis, c'est le cas, reprend sa mère, à moins que... À moins que quoi ? demande son père en revenant vers la table. Il a parlé de choc émotionnel à la fin, mais ma robe était vraiment trop froissée pour que j'insiste avec mes questions. Je lui demanderai le mois prochain ce qu'il entend par là, je mettrai une robe qui ne se froisse pas, je le dis toujours à Maria, mais elle n'écoute pas, surtout ces derniers temps... Je me demande si un jour, j'arriverai à obtenir la robe parfaite pour ces visites, il y a toujours quelque chose qui ne va pas. Tu viendras avec moi si tu veux, avec le dictionnaire même, lui dit-elle. Bon, déjeunons, dit le père en reprenant sa place, sinon, on va rater le début.

Elle a tout ramassé, tout nettoyé, remis les spaghettis refroidis au fond du grand plat. Elle les sert avec les mêmes gestes précautionneux, comme si de rien n'était, bien qu'il décèle sur ses doigts un léger tremblement. La petite réinstallée sur le tapis, ils mangent en silence tandis que son regard croise celui de son père, le suit, le talonne jusqu'aux traces brunes sur la robe blanche, imagine qu'avec un jabot, c'eût été démultiplié, diffracté, bien pire en effet, mais qu'avec un tissu en couleur, ça l'eût été moins. Personne ne revient sur l'expression qui serpente autour de la table, entre les assiettes, coule dans ses pensées, les agglutine, jusqu'à fondre les cinq syllabes pour qu'elles ne signifient plus rien, chokémotionnel, ne laissent plus entrevoir ni scène, ni vision, ni rien.

Au pied du poste, elle gazouille. Autour d'elle, épars, des cubes, des poupées, des ustensiles de dînette. Elle lève les yeux vers l'écran, son regard glisse sur la silhouette du Général que personne n'écoute car il parle toujours de l'Angleterre. Elle attrape un verre en plastique rouge, le porte à sa bouche, renverse la tête en arrière. Il glisse de sa chaise pour se placer à ses côtés, saisit un autre verre qu'il vient doucement taper contre le sien. Ils trinquent. Il dit : Santé ! Elle éclate de rire. Il redit : Santé ! Elle gazouille de plus belle. Ses gazouillis lavent la pièce des cris et des taches. Sa mère se baisse, allez, c'est l'heure de la sieste, la ramasse comme un paquet de linge et l'emmène au fond de la maison.

Il reste au sol, manipule quelques ustensiles de dînette en espérant que sa sœur protestera, ne voudra pas partir se coucher, mais aucun pleur ne lui parvient du couloir. Son père finit par le houspiller, un garçon de son âge dans ces jeux de bébé, de filles qui plus est, tout de même, lui demande de ranger. Il range lentement les pièces, tout plutôt que de se relever, de se remettre à sa hauteur. C'est seulement quand son père vient s'installer dans le fauteuil qu'il se redresse enfin mais loin derrière lui. Au fait, tu n'as pas école ? lui demande-t-il sans cesser de fixer l'écran. Il ment sans vergogne et sans explications puis soudain, le Général annonce : « Nous allons passer à l'Orient. » Son père se redresse dans le fauteuil et, alors qu'il pensait qu'elle n'allait pas revenir, sa mère revient dans la pièce, une tasse de café à la main, répète aussitôt l'Orient, l'Orient, avec une gouaille qui ne lui ressemble pas. Tu te souviens de la fin de *Morocco* ? dit-elle en déposant le café sur la table basse près de son père. Marlene Dietrich hésite longuement à rejoindre Gary Cooper dans le désert. Elle porte une robe tulipe et des chaussures à talons. Il se demande pour qui sont toutes ces précisions alors que le Général commence. C'étaient les portes de l'Orient, dit-elle. Son père se contente de répondre qu'elle confond l'Orient et le désert, puis lui demande de bien vouloir se taire. Après la scène du déjeuner, il n'ose cependant pas être plus cassant. Elle se tait mais debout, continue à sourire. Son père boit son café à très petites gorgées.

Il se rapproche d'elle et, à mi-voix, lui demande : Et alors ? Qu'est-ce qu'elle fait ? Qui ça ? Marlene Dietrich. Ah, mais elle y va ! Bien sûr ! D'abord avec ses souliers beiges à talons, sûrement taillés dans le plus beau cuir italien. Sternberg était très à cheval sur les costumes, il avait commencé dans un atelier de dentelle, c'est pour ça qu'il a fait du cinéma, parce qu'il avait des doigts délicats, capables de manier la pellicule comme de la dentelle. Puis elle enlève ses chaussures et suit la caravane. Elle quitte tout pour devenir cantinière dans le désert. L'image est encore là, dit-elle en montrant ses deux tempes, les escarpins magnifiques jetés dans le sable, à deux doigts d'être englouties par les dunes, quel dommage... Elle n'achève pas. Tu crois qu'elle aurait dû y aller ou ne pas y aller ? demande-t-il. Elle pose son index sur ses lèvres, d'un geste du menton indique l'écran mais il devine qu'elle hésite, qu'elle ne sait pas quelle réponse lui donner. Elle se tait quelques secondes avant de murmurer que, dans la dernière scène du film, la main de Dietrich empoigne résolument la laisse d'une chèvre, puis la mime en serrant le poing. Comme ça, fait-elle d'une voix plus forte, en tirant sur une corde invisible.

Vous allez vous taire à la fin ? gronde son père sans se retourner.

Elle annonce qu'elle doit descendre voir Maria. Il dit non, reste un peu, n'ose croiser son regard. Elle hoche la tête et s'assoit sur le canapé. Il vient s'asseoir à sa gauche.

Il devrait se réjouir de ce moment qu'il fomente depuis plusieurs jours, pour lequel il a menti à tout le monde sauf à Pepito. Je ne viendrai pas cet après-midi, je regarde le Général, tu diras que je suis malade ou que c'est ma sœur, tu diras ce que tu veux. C'est sa première conférence de presse depuis qu'ils ont la télévision. Une lueur d'envie perce dans le regard chocolat de Pepito qui se sent obligé d'ajouter, sans conviction, moi aussi, je pourrais manquer l'école pour regarder avec toi. Il l'imagine aussitôt à ses côtés, derrière son père, intimidé et docile, rétorque que, le cas échéant, qui lui passerait ses cahiers pour rattraper ? Pepito se trouble comme chaque fois qu'il emploie une expression inhabituelle, et ce trouble suffit à le satisfaire, parce qu'il signale son avance, l'extension de son vocabulaire.

Le Général parle sans notes, sans prompteur. Il sait qu'il apprend ses textes par cœur, s'enferme pendant des heures dans son bureau, répète inlassablement. Sa mémoire est phénoménale, comme sa taille, entraînée depuis la petite enfance par un père professeur d'histoire et de latin. Il l'imagine tantôt oblongue, suspendue comme un astre à l'intérieur de son grand corps, tantôt y circulant comme un fluide. Peut-être même a-t-il un répétiteur, un homme de théâtre capable de le reprendre sur sa diction, son rythme, ses liaisons, pour qu'il s'exprime aussi parfaitement qu'un roi de France. Un chef d'État doit se hisser au-dessus de son peuple par les bâtiments qu'il fait construire, les médailles qu'il fait frapper et les réformes qu'il fait voter, mais aussi par les discours qu'il déroule sans accroc devant les caméras de télévision, se dit-il, quand, l'instant d'après, il sursaute contre le flanc de sa mère.

Qu'est-ce qui te prend ? demande-t-elle.

Ils n'ont pas entendu. Ils ne peuvent pas ne pas avoir entendu, pense-t-il coup sur coup.

Le Général a fait un velours, dit-il d'une voix inaudible. Son père se retourne brusquement. Du haut de sa tête à ses bras, tout son corps fait siffler l'air. Sa main heurte la petite tasse de café, la renverse. Sa mère se précipite pour la ramasser mais, d'un geste, il lui signifie de rester où elle est. Le tapis... proteste-t-elle. Sur le motif vert, la substance brune et granuleuse s'écoule puis s'absorbe en quelques secondes. Elle se rassoit mais ses yeux ne quittent plus la tache de café. Qu'est-ce que tu as dit ? demande-t-elle. Le Général a fait un velours. Quand on met un *s* là où il n'y en a pas, ça s'appelle un velours, explique-t-il, quand on met un *t*, « il va-t-à la plage », on dit que c'est un cuir. Sa mère plisse les yeux en direction de la tache brune sur le tapis vert, se félicite de n'avoir pas bougé car les deux teintes se confondent à présent, puis répète mécaniquement les mots velours et cuir, comme si elle les proférait pour la première fois. Pourquoi employer des mots de couture ? On dit velours parce que c'est plus doux que le cuir et que l'erreur de liaison la plus dure pour l'oreille, c'est le cuir. Elle le regarde sans comprendre. Il reprend : un cuir, c'est mettre un *t* là où il n'y en a pas. On dit cuir parce qu'on écorche, on arrache la peau de la langue, mais là, c'était un velours, « ce qu'ils avaient-z-été de tout temps. »

Son père ne se retourne plus alors que leurs murmures bruissent sans discontinuer. Il devrait vriller encore une fois et leur hurler de se taire mais il ne bouge pas. Il devrait l'entendre dire, mais ça, c'est pire qu'un cuir, pire qu'un cuir, comme s'il connaissait le mot, pirkincuir, tout attaché. Mais non, rien ne vient. Soudain l'immobilité, le silence de son père l'effraient comme s'il avait peur de le découvrir mort dans son fauteuil. Sans moi, ils n'auraient pas entendu, se dit-il encore, et il se garde bien d'ajouter que c'est comme si le Général s'adressait à eux directement, à la deuxième personne du pluriel, ce que vous avez été de tout temps, les visait depuis le poste, depuis le palais de l'Élysée, devant les caméras du monde entier. Certains même redoutaient que vous, jusqu'alors dispersés, qui étiez restés ce que vous aviez été de tout temps...

Des jours qu'ils attendent cette conférence, qu'il la répète avec un acteur de théâtre et voilà qu'il zozoterait presque. Il laisse son flanc s'affaisser légèrement contre celui de sa mère dont les yeux fixent encore le tapis, qui n'a de nouveau qu'une envie, se lever, ramasser la tasse renversée et frotter la tache de café, la faire disparaître complètement.

Est-ce qu'ailleurs, d'autres téléspectateurs ont entendu ? Les amis de son père qui ont la télévision ? L'aurait-il moins entendu à la radio ? Et si cette télévision était effectivement le diable dans la maison ? La caméra reste fixée sur le Général qui ne manifeste aucun trouble, avance, trace, tandis que son père se tortille à présent sur son siège. Regarde-le, qui ne bronche pas, ne bouge pas, il est là, comme à la messe, dit-il en tendant l'index vers l'un des hommes assis à la droite du Général. Qui ? demande sa mère. Michel Debré, répond-il. Elle ne s'étonne pas qu'il réponde à la place de son père, qu'il sache. Et Raymond Aron, il est là ? demande-t-elle plus fort. Aaron, rectifie son père en doublant le *a*, en le faisant traîner. Non, mais il regarde certainement. Oui, Aaron, bien sûr, c'est ta plus grande bête noire, dit-elle avec une pointe de fierté comme pour saluer sa pugnacité. C'était, précise-t-il. Ah bon ? Pourquoi c'était ? Ce n'est plus ta bête noire ? demande-t-elle, presque déçue.

Sa question ne suscite pas d'autre réponse que, tu oublies juin, mais une vision se dessine en lui qui télescope deux sortes d'échelles : une grande bête noire, chef d'une meute sauvage chassant à l'ombre des forêts, ou, au contraire, très petite sous la forme d'insectes vibratiles grouillant dans quelques millimètres carrés. Des bêtes noires tantôt dehors, dans le monde, tantôt à la télévision, voire dedans.

Son père n'a jamais lu les livres de Raymond Aron ni même ses articles de presse, à l'exception de celui qu'un de ses amis lui indique le 4 juin. Ce jour-là, il court acheter le journal et découpe l'article : il va et vient dans la maison avec sa coupure, la relit à haute voix, même dans le couloir sombre. « Si les grandes puissances, selon le calcul froid de leurs intérêts, laissent détruire le petit État qui n'est pas le mien, ce crime, modeste à l'échelle du nombre, m'enlèverait la force de vivre. » Dans la cuisine, flanquée de la petite, sa mère écoute distraitement. Il revient ligne à ligne sur la déclaration, finit par lui mettre l'article sous les yeux. Elle conclut sans conviction qu'Aaron parle peut-être enfin avec son cœur. Il récuse cette dissociation entre le cœur et l'esprit, repart vers le salon, agacé. Je ne vois pas ce qu'il y a de mal à avoir un cœur, insiste-t-elle. Son père ne répond pas. Pour la peine, elle lui tend la petite. Prends-la, j'ai à faire, Maria m'attend. Et tandis qu'il tient sa fille dans ses bras, il regarde encore sa coupure de presse, recommence sa déclamation.

À force, la phrase d'Aron finit par monter dans l'air, entre les murs, forme une image, le petit État qui n'est pas le mien, des contours de terre et de chair palpitant comme ceux d'un organe vital. Depuis le couloir où il se cache, il imagine que le battement du cœur de son père s'accélère contre la petite cuisse de sa sœur, qu'elle le sent peut-être sans comprendre d'où il vient, s'en effraie. Essoufflé, son père la dépose tout à trac, sur le tapis, au milieu de ses jouets et allume le poste. Il continue à arpenter le salon, tourne autour d'elle, et lance que le Aaron, il n'y va pas de main morte, que c'en est presque gênant de le voir brusquement tout mettre sur la table, son âme, son cœur, et pourquoi pas ses... D'où sors-tu ? demande-t-il sèchement en le voyant surgir et se jeter sur le tapis. Il enfouit sa tête dans le cou de sa sœur, ne répond pas.

Au-dessus d'eux, la déclamation reprend mais ils ne voient que le ballet de ses jambes, deux tiges brunes qui s'agitent, se rassemblent, se croisent, les effleurent parfois comme un seul corps aggloméré, brut et asexué. Voilà ce que c'est que de jouer les grands esprits pendant des années, quand ça lâche, ce n'est pas à moitié, lance-t-il. Il ne saurait dire si son père est soulagé ou contrarié, satisfait ou énervé de constater ce qu'il constate. Il se redresse légèrement, le lui demande. Les jambes, un instant, s'immobilisent. Tu as bien entendu parler de la guerre tout de même ? dit son père, ils sont obligés de gagner. Il décèle l'inquiétude, l'acidité de sa voix tout en continuant à humer la peau douce, la nuque fraîche, les boucles de sa sœur qui lui chatouillent la joue. Et ils peuvent gagner ? risque-t-il. Ils doivent gagner, tranche son père.

La jambe de la petite vrille sous ses yeux. Doucement, il la fait tourner dans sa main, la remet dans le bon sens, puis se lève en indiquant qu'il va voir Pepito.

Quand il arrive près de la porte, il remarque que la jambe n'a pas tenu. Son père demande, tu ne l'emmènes pas avec toi ? Il hésite, il pourrait l'emmener partout, ne jamais s'en séparer, mais il fait non de la tête, réfrène cet élan comme le jour où sa mère revient de la clinique avec la petite dans ses bras. Il les regarde de loin, ne se précipite pas, ne quitte pas le canapé où il s'est assis seul pendant tout le temps qu'elle n'était pas là. Ainsi posée contre sa poitrine, elle a pris toute la place dans son cœur, se dit-il, et, l'instant suivant, qu'elle s'en pare comme d'une broche sur sa robe, un accessoire beau et décoratif. Sa mère s'étonne, qu'est-ce que tu attends pour venir voir ta sœur ?

Il se lève enfin, s'avance, les jambes soudain très molles, comme cette boule de chair qu'il découvre entre les linges et sur laquelle il pose ses doigts, les presse, les enfonce. Il comprend qu'avec ce bébé de quelques jours et malgré leurs douze ans d'écart, ils forment un même bloc de chair primitif, fondu, sans âge, ni fille ni garçon, ni d'ici ni de là-bas.

Depuis la chambre de Pepito, ils entendent tout, les bruits de la machine à coudre, les conversations, le frottement des étoffes pendant les essayages auxquels ils n'ont bien sûr pas le droit d'assister. Quand je me réveille la nuit, je vais m'allonger là-bas, sur le canapé, dit Pepito. Ma mère y va aussi parfois et elle coud à la lumière de sa petite lampe. Ce que je préfère, ajoute-t-il, c'est me rendormir pendant qu'elle coud dans ce rond de lumière. Même avec le bruit de la machine ? Même. J'ai l'impression que je suis le vêtement, le tissu entre ses mains, doux et léger, une enveloppe de coton, un fantôme qui flotte dans les airs, ça me berce. Ils s'allongent sur le lit, écoutent si fort que leurs yeux voient à travers le mur.

Cora, dit-elle en déposant le magazine et le coupon de tissu. 1946, l'année de mon mariage. Mais pour moi, 1946, c'est d'abord l'année de Cora dans *Le facteur sonne toujours deux fois*, et de *Gilda*, bien sûr. Ensuite, loin derrière, il y a mon mariage. C'est étrange mais c'est comme ça. Cora Smith, c'est Lana, Lana Turner. Regardez, dit-elle, en ouvrant le magazine : robe de crêpe blanche à col trou de serrure avec petit lacet cravate et taille ceinturée sur poche surpiquée.

Ses descriptions s'appuient toujours sur les légendes des photos, qu'elle a traduites et apprises par cœur en leur donnant du rythme, de l'évidence, et qu'elle énonce en rafales, sans articles. Il voudrait qu'elle modère son débit, laisse parler Maria, mais elle reprend : On voulait toutes s'habiller comme Cora cette année-là, jusqu'à son maillot de bain, regardez cette merveille ! Ce sont des tenues de sport, dit enfin Maria d'une voix critique. Ce n'est pas faux mais quel chic, n'est-ce pas ? L'histoire se passe en Californie. Chez nous aussi, c'était un peu la Californie, alors imaginez quand le film est sorti. C'est rare que les actrices soient bronzées dans un film, alors quand on a vu Lana bronzée dans ces vêtements si blancs... Vous voulez que je vous dise ? Pour moi, ce sont des tenues de dévergondée, tranche Maria.

Pepito se redresse, se tourne vers lui qui entrouvre les yeux furtivement. Ses paupières trop lourdes se referment aussitôt. Maria est le chaperon de sa mère comme Pepito le sien, qui fait le tri dans le quartier, lui évite les fréquentations inutiles ou scabreuses. Il sait bien que la coquetterie de sa mère pourrait parfois l'emporter, à la sortie de l'école quand elle vient le chercher tout apprêtée, comme sur le point de se rendre à une cérémonie, une fête, ses pieds dans des sandales au moindre rayon de soleil, toujours trop tôt par rapport aux autres mères.

Un après-midi, tandis qu'elle est avec Maria devant la grille, vêtue d'une robe bleue ceinturée que Maria regarde avec la fierté du fournisseur et de l'artisan, toujours tentée d'y effacer un faux pli, d'y rajuster une pince, le directeur de l'école les devance d'une foulée, Pepito et lui, et vient se poster devant les deux mères. Est-ce parce qu'ils arrivent déjà que son regard soudain descend, coule, évite les jambes nues mais plonge vers les orteils aux ongles nacrés dans les sandales bleues assorties à la robe ? Un instant, tous les regards s'aimantent et s'agglutinent à l'avant de ses chaussures, celui du directeur, le sien, celui de Maria et peut-être celui de Pepito, tous noués dans la gêne, tandis que sa mère continue à parler, de plus en plus volubile, ne baisse pas les yeux, ne regarde même pas. Et se tenant à la corde de sa voix légère et sans trouble, le regard du directeur remonte émoustillé, déconcentré, incapable de se calmer pendant plusieurs secondes et de reprendre le fil des éloges qu'il versait comme toujours au compte d'une scolarité si brillante, si exemplaire, matière après matière. Sur le chemin du retour, Maria déclare qu'il fait encore trop frais pour porter des sandales et sa mère non seulement de nier mais de répondre que cette pauvre Kim Novak voulait en mettre pour égayer le tailleur gris que Hitchcock lui imposait dans *Vertigo* mais qu'il a refusé tout net en la traitant de dévergondée. Et Maria comprend une fois de plus, sans se lasser, qu'elle est un chaperon fantoche et sans autorité, voué à ne jamais brider une coquetterie qui, tout en l'exaspérant, lui fait faire de ces merveilles.

Depuis la naissance de sa sœur, elle ne vient plus devant les grilles mais, dès que la petite marchera, promet-elle, elle reviendra récolter ses louanges.

Tout de suite, les grands mots, Maria ! Moi, je trouve que les tenues de Cora sont splendides. Surtout cette robe, ma préférée. Le dos de sa main claque sur la page du magazine. Ils savent que le silence qui suit, c'est le temps que met Maria à reconsidérer le modèle, nez et sourcils froncés. Mais pourquoi n'y a-t-il qu'une seule poche ? demande-t-elle, en plus, si grande et rattachée à la ceinture... c'est bizarre... très bizarre... on dirait une poche de serveuse, on pourrait y glisser un carnet de commandes. Justement Cora est serveuse ! Ce que vous avez l'œil, Maria ! s'exclame-t-elle, mais je crois bien que, dans cette poche, elle ne glisse que son bâton de rouge à lèvres, pas de carnet... C'est bien ce que je disais, insiste Maria... Ils voudraient que Maria garde pour elle ses jugements perspicaces, même Pepito, bien qu'il aime l'entendre quitter sa réserve servile, mais elle répète, une dévergondée. Plus piquée d'être assimilée à une serveuse qu'à une dévergondée, sa mère renchérit : la MGM a utilisé tout ce blanc pour atténuer les vices de l'héroïne, comme elle a pu accuser de meurtre la fille de Lana Turner au lieu de Lana elle-même. Maria se tait. Quoi que vous pensiez, je veux la même, reprend-elle d'une voix ferme. En blanc ? Oui, en blanc. Vous avez des fautes à vous faire pardonner, vous aussi ? demande Maria. Parce qu'en rose ou en gris, ça ferait déjà moins serveuse… De toute façon, avec le noir et blanc, peu importent les vraies couleurs, poursuit Maria à court d'arguments. On obtient du gris, du beige ou même du rouge en trempant le blanc dans du thé ou du café. Comment savez-vous tout cela, Maria ? On sait ce genre de choses quand on est dans la couture. Pepito bouge doucement près de lui. Une pointe de fierté bombe son torse. Est-ce que ta mère est vraiment dans la couture ? demande-t-il. À qui d'autre qu'à la mienne coud-elle des robes ? À plein d'autres femmes. Il ne demande ni qui ni combien, considère qu'il se vante. Du thé ou du café ! Mais alors dans *Jezebel*, quand Bette Davis arrive à son bal en robe rouge au lieu d'être en blanc comme toutes les autres débutantes, à votre avis, elle porte une robe blanche trempée dans du café ? C'est possible, bredouille Maria. C'est terriblement injuste car Henry Fonda la rejette à cause de ça. Je préfère ne pas y penser, une si grande actrice obligée de jouer dans une robe sale, souillée et, en plus, toute mouillée… D'un autre côté, je crois que je préfère ça, je n'aurais pas aimé voir Bette Davis dans une vraie robe rouge, en Technicolor… Raison de plus pour que je veuille un blanc pur, sans tache, et je me demande bien ce que vous avez contre le blanc. Rien, mais c'est une couleur de jeune fille. Mais je suis une jeune fille, Maria ! s'exclame-t-elle d'une voix plus aiguë. Quand le film sort en 1946, je ne suis même pas encore mariée. Alors combien de temps vous faut-il ? Mon mari dit que s'ils gagnent la guerre, on fêtera ça, donc je dois être prête. Une guerre, c'est long, ça ne se gagne pas comme ça, marmonne Pepito. Les surpiqûres, précise Maria, c'est beaucoup de travail. Je me demande tout de même s'il ne faudrait pas deux poches, hésite sa mère. Alors ce sera encore plus de travail, répond Maria. Ah non, il faut faire vite, très vite. Dans ce cas, allez dans un magasin ! s'agace Maria. Pas question, s'écrie-t-elle, là-bas, notre couturière arrivait à 8 heures le matin, et à 4 heures de l'après-midi, ma robe était finie. Je compte sur vous, Maria, quatre ou cinq jours, pas plus.

Puis la porte claque. Il se redresse d'un coup.

Reste encore un peu, dit Pepito en posant une main sur son bras.

Non, non, je remonte.

S'ils gagnent cette guerre, entend-il dès la porte qu'elle ne referme pas parce qu'elle sait qu'il arrive derrière, je t'offre la robe de tes rêves. Soie, satin, mousseline, tout ce que tu voudras ! Vraiment ? dit-elle, étonnée de sa largesse et de sa bonne humeur alors qu'il déteste rester longtemps seul avec la petite ; que, d'habitude, quand elle remonte, il se plaint ou disparaît dans la chambre.

Elle s'accroupit près d'elle, sur le tapis, redresse sa jambe, frotte le bout de ses lèvres contre sa joue puis murmure : ton père a l'air content. On dirait même qu'il n'a plus ses bêtes noires. À la petite non plus, elle ne dit pas papa alors qu'elle le pourrait parce qu'elle commence justement à former les deux syllabes, à les répéter, pour progresser peut-être jusqu'au mot, se donner une chance de l'utiliser comme n'importe quelle enfant française. Il se demande si, au même âge, il le disait aussi, pendant combien de temps et jusqu'à quand… Bien sûr que si, rétorque son père. On verra ce qu'ils diront tous après la guerre, à commencer par le Aaron. Aaron, répète-t-elle en fredonnant, Aaaron, d'un air réjoui, comme amusée de constater que son mari chérit ses indispositions, que la noirceur de ses bêtes est tout aussi indécidable que leur taille, puis, à son tour, il se baisse et s'assoit sur le tapis.

La robe de mes rêves ? Tu as bien dit la robe de mes rêves ? Eh bien, ce sera le fourreau de Gilda, Gilda Farrell, explique-t-elle à la petite, elle naît en 1933 chez Lubitsch, sous les traits de Miriam Hopkins, puis renaît en 1946, et là, c'est Rita de la Columbia ! Personne ne le sait mais moi, je le sais… Pourquoi tu lui racontes tout ça ? s'agace-t-il. Comme ça ! Je l'ai aussi raconté l'autre jour à Pepito, je lui ai même montré comment dansait Gilda, dit-elle en se relevant brusquement. Comme ça… avec ses bras… ses gants… levés dans une rosace souple… lâche… ses hanches ondulant doucement… sa tête légèrement en arrière… ses longs cheveux qui balancent sur ses épaules nues… dans son dos. Il ose à peine la regarder. Tu as vraiment dansé dans leur salon ? demande-t-il, devant Pepito ? Oui, enfin, juste un peu, dit-elle en se rasseyant sur le tapis tandis qu'il se redresse d'un coup à présent, plisse les yeux pour faire disparaître la peau et les vêtements clairs de sa mère et de sa sœur, faire surgir quelques secondes, au pied du poste, la forme d'un corps unique, long, tubulaire, assorti de pinces et de mandibules, une carapace articulée dans la lumière, horizontale, une bête noire à deux têtes qu'il préfère encore à cette ligne verticale qui n'en finit pas d'onduler sous les yeux de Pepito. Mais sa vision l'effraie. Il tourne les talons et marche vers son père.

Tu me donneras la coupure de presse, l'article d'Aaron ? lui demande-t-il. Pourquoi ? Puis, après un instant, tiens, la voici, de toute façon, moi, je la connais par cœur : « Si les grandes puissances, selon le calcul froid de leurs intérêts, laissent détruire le petit État qui n'est pas le mien, ce crime, modeste à l'échelle du nombre, m'enlève-rait la force de vivre. » Il la glisse dans la petite poche contre son cœur, file dans sa chambre. Dans la pénombre du couloir, sa sœur le suit à quatre pattes. Près du lit, elle le regarde se baisser pour ajouter le morceau de journal à son tas de papiers. Elle rampe aisément sous le lit désormais, arrive plus vite et plus près de son trésor que lui. Ses petits doigts s'agitent dessus, fouillent dedans. Son index et son pouce attrapent une revue, pincent le coin d'une photo mais il les lui retire doucement.

Sa mère annonce qu'elle ira dès le lendemain acheter le satin noir du fourreau tandis que son père lui propose de l'emmener à une manifestation de soutien. Sa phrase tire une rafale qui ne lui laisse aucun endroit pour s'écarter : c'est jeudi, il n'a pas école, tant qu'elle n'est pas gagnée, une guerre peut se perdre, et s'ils perdent... Il n'achève pas.

Une fourche, un delta creuse le flot de ses pensées : aller avec son père sur les Champs-Élysées, ou accompagner sa mère au marché Saint-Pierre ? Il cherche dans le dictionnaire le sens du mot fourreau qui désigne d'abord l'étui d'un couteau, d'un poignard, d'une dague. L'expédition au marché Saint-Pierre soudain ne lui paraît pas moins virile que la guerre et, dans l'obscurité de sa chambre, le corps de sa mère étincelle, se fuselle pour être dégainé, brandi. Au matin cependant, il comprend qu'il n'a pas le choix, qu'il ne peut donner à son père une occasion supplémentaire de l'accuser de vivre dans les jupes de sa mère, à l'abri de la lumière et de l'action. Il lui annonce donc qu'il vient mais ajoute qu'il pourrait tout aussi bien rester à la maison avec la petite, si ça les arrange. Certainement pas, réplique sa mère. Pepito a bien le droit, lui ? Ce n'est pas pareil, Pepito n'a aucun bébé à surveiller.

Tout le monde se retrouve au bas de l'immeuble, même Pepito qui ne va nulle part, tous debout sur les marches du porche comme dans les photos de famille qu'il voit en classe, dans les livres d'histoire, pleines, étagées, dénivelées, devant des façades anciennes, puis soudain sa mère bouge, sort du cadre. Sans qu'elle lui demande rien et les prenant tous de vitesse, Pepito l'aide à descendre la poussette de la petite sur les marches. Quand la poussette est sur le trottoir, il relève la tête, essuie son front, ses joues rouges. Betty Boop ! Tu ressembles à Betty Boop, Pepito ! s'exclame-t-elle. Tu ne connais pas Betty Boop, hein ? C'est un dessin animé des années 1930, inspiré par le visage de Clara Bow ou de Helen Kane, enfin, je ne sais plus, c'est tellement vieux, mais j'ai enfin trouvé, c'est bien ça, oui, c'est certain, tu ressembles à Betty Boop ! Ce que c'est drôle ! Elle rit tandis que Pepito sue et rougit davantage, vexé d'être non seulement assimilé à une fille mais qui plus est à un personnage de dessin animé, sans chair ni consistance. Alors que depuis des mois il attend qu'elle prononce enfin le nom qui dissipera la brume à travers laquelle elle le regarde parce qu'elle le cherche, là sur le bout de sa langue sans réussir à le déclarer, qu'il espère chaque fois entendre le nom d'un acteur américain dont ils découvriront ensuite la photo dans la pile de ses magazines, un beau visage d'homme, viril, séduisant, elle ne lui accorde qu'un nom à peine

formé, trois syllabes mal dégrossies, be-tty-boop.
Il en ferait bien dévaler sa poussette depuis le
haut des marches si elle y était encore mais il
se force à sourire tandis qu'elle ajoute que Betty
Boop est une adorable créature avec des boucles
brunes, un visage tout rond, de grands yeux, tout
pareils à ceux de Pepito. Avec de longs cils, dit-elle
en direction de Maria, et un joli petit fourreau
rouge. Un fourreau rouge sur une enfant ? s'in-
digne Maria. Betty Boop n'est pas vraiment une
enfant, c'est un mélange de femme et d'enfant, de
toute façon, dans les années 1940, ils ont arrêté le
fourreau rouge. Mais ses précisions ne rattrapent
rien, au contraire. Pepito ne veut pas en entendre
davantage et s'éloigne. Où vas-tu ? Je ne sais pas.
Et même quand elle dit que Marilyn a repris une
célèbre chanson de Betty Boop, *I Wanna Be Loved
by You*, Marilyn, oui, Marilyn, en fredonnant la
mélodie, poo-poo-pee-doo, rien n'y fait. Pepito
marche en direction du parc. Maria explique doctement que José est un garçon. José est le vrai
nom de Pepito que jamais personne n'utilise sauf
à l'école et en de très rares occasions, comme à cet
instant, parce que soudain les syllabes de Pepito
sont trop proches de celles de Betty Boop. Elle
n'insiste pas et suggère de se mettre en route.

Dans le train qui les mène à Paris, son père, debout, tient très serrée contre lui la tige métallique autour de laquelle il a enroulé le drapeau et, par-dessus, scotché une grande feuille de papier kraft. Il ne s'assoit pas non plus, se serre contre son père sans le toucher, se figure qu'il est lui aussi un drapeau contenu, enroulé à ses côtés. Il ferme les yeux, voit deux droites parallèles s'élancer vers le ciel, une tout autre géométrie que celle qu'il forme avec sa mère, où les lignes se croisent, se fondent, s'agglutinent souvent. Il ne sait si cette différence lui plaît ou lui pèse. Quand ils marchent dans la ville, le rouleau de kraft est comme une troisième silhouette entre eux, longue, muette, qui lui rappelle les rouleaux de tissus du marché Saint-Pierre, tantôt des figurants massés dans les coins, tout parés de sequins et de lamés, tantôt des parasols refermés après la journée de plage, ou encore, il n'y avait jamais pensé, des drapeaux qu'on n'a pas encore déployés.

En haut de l'avenue des Champs-Élysées, son père défait le papier, lentement. Sa main tremble, jamais il n'a vu ses doigts trembler ainsi.

De temps à autre, il regarde autour de lui, comme si quelqu'un allait surgir et lui dire d'arrêter, de tout remballer. Il lui tend la feuille de papier qu'il s'apprête à chiffonner mais son père lui demande de la replier, dit qu'elle pourra servir au retour. Dans le train, c'est plus prudent, ajoute-t-il. Il la plie soigneusement, en deux, en quatre, en huit, la place sous son bras, comme un livre ou un grand cahier. Tandis qu'il garde son bras plaqué contre lui, son père déplie le sien, agite le piquet : le tissu ondule dans le vent, un satin si blanc dans le ciel d'un bleu presque cobalt, aussi blanc que celui qu'est partie acheter sa mère sera noir.

Son père renverse la tête, regarde le rectangle onduler de plus en plus amplement au bout de son bras. Il manque de tomber. Il le retient, effleure le tissu au passage. Il n'en a jamais touché de pareil et se demande où était le drapeau dans la maison tous ces jours, pourquoi il ne l'a pas vu. L'as-tu acheté ou fait faire ? risque-t-il. Acheté, bien sûr. Mais Maria aurait pu en faire un ? Non, un drapeau, c'est sacré, tranche-t-il, c'est bien plus qu'un morceau de tissu. D'ailleurs, si tu en brûles un, tu as une amende. C'est interdit par la loi.

C'est la première fois qu'ensemble ils parlent drapeaux alors que, dans son dictionnaire, ce sont les deux pages qu'il préfère. De son doigt, il cache le nom du pays pour mieux le deviner. À force, il les connaît presque tous par cœur. Quand sa mère le surprend, elle déclare systématiquement qu'elle aime par-dessus tout celui de l'Amérique. Pourquoi ? demande-t-il. Parce qu'il est plus fourni que les autres, toutes ces étoiles, ces bandes, on dirait les motifs d'un vêtement. « Nous prenons les étoiles du Ciel, le rouge de notre mère patrie, séparé de celui-ci par des bandes blanches montrant ainsi que nous nous sommes séparés d'elle et que ces bandes blanches représentent la liberté pour la postérité. » Qui a dit ça ? demande-t-elle. George Washington. Et puis, on le voit dans tous les films, j'y suis habituée, que veux-tu ? « Le 14 mai 1948, tandis que le drapeau anglais descend le long de la hampe, le nouveau drapeau aux motifs azur se hisse, gonfle et claque dans le vent », lit-il encore, puis revient sur le mot azur. Est-ce le nom d'une couleur ? Sa mère hésite, il y a des bleus roi, saphir, cobalt, marine, turquoise, ciel, denim, mais azur, je ne sais pas si on parle d'azur en couture, je demanderai à Maria. Le dictionnaire ne précise pas où étaient ses parents ce jour-là, s'ils partaient ou revenaient de la plage, si, en rentrant, ils ont accroché le nouveau drapeau à leur fenêtre, si on peut vivre dans un pays et brandir le drapeau d'un autre pays.

Sur les Champs-Élysées, tous le brandissent à bout de bras. Il signale à son père que certains sont en satin, d'autres en soie. Qu'est-ce que ça peut faire ? s'étonne-t-il. La soie est plus solide que le satin, Maria le dit tout le temps mais moi, je préfère le satin. Il voit bien que son père préférerait qu'il se taise mais il doit parler, il doit opposer quelque chose à tous les regards qui se fichent sur eux, les badauds qui s'arrêtent sur les côtés pour les voir défiler, tantôt souriants, tantôt méfiants, ces hommes frisés, moustachus, en costume-cravate ou en bras de chemise, manches retroussées et pantalon clair, comme son père, qui s'avancent, se déclarent, se décalent, et dont les contours du groupe qu'ils forment ne coïncident plus exactement avec ceux des Français. Depuis la guerre, on ne les avait plus vus ainsi regroupés, qui plus est ceux-là, si bruns, si typés.

Êtes-vous des Arabes ? demande une fois Pepito.

Non, répond-il.

Mais vous venez bien d'un pays arabe ?

Oui.

Ils sont plus de trente mille à reprendre les mots du Général, « notre ami, notre allié », ces mots que sept ans plus tôt, ils avaient à peine entendus lorsqu'il les avait prononcés sur le perron de l'Élysée. Il n'aperçoit ni femme ni enfant, commence à regretter d'être venu. Pourquoi aucun autre père n'a-t-il emmené aucun autre enfant alors que c'est un jour sans école ? Parmi les hommes qu'ils croisent, il reconnaît des noms, des prénoms familiers, esquisse des sourires forcés. Certains lui disent qu'ils sont si contents de le rencontrer enfin, qu'ils entendent parler de lui si souvent, son intelligence, ses résultats si brillants, en mathématiques, en français, en histoire, en allemand même. D'autres précisent qu'une manifestation peut toujours dégénérer, surtout celle-là, qu'ils ont préféré venir seuls. Il revoit aussitôt le visage impatient de sa mère en partance pour le marché Saint-Pierre, trop heureuse d'être débarrassée de lui pour une fois.

Car, sans se plaindre ouvertement, il aurait eu chaud, il aurait cherché à s'asseoir, à se faire tout petit pour disparaître, ne pas être le seul garçon traîné de force par sa mère dans un magasin de chiffons ; il aurait réclamé de l'eau, tordu la tête pour lire l'heure au poignet des vendeuses, envié Pepito resté à la maison. Il aurait certes aussi observé les mains de Maria et de sa mère dérouler les coupons, tâter, palper, comparer les imprimés, la transparence, leurs doigts agiles comme de petits animaux sautillant d'un tissu à l'autre, déçu qu'elles ne soient pas plus délicates, plus caressantes sur les cotons, les soies, les crêpes, les dentelles, les twills, tous les noms inscrits sur les panneaux, telles des directions dans l'espace ; des noms comme autant de batailles entre Maria et sa mère, Maria allant chercher un coupon repéré un peu plus loin sous l'œil furieux des vendeuses qui rechignent à voir ainsi migrer leurs articles, parfois un rouleau tout entier qu'elle porte à bout de bras, pour le déposer à côté de celui que sa mère vient de trouver, ne lâche plus. Il s'approche et observe le manège de leurs mains qui s'empilent les unes sur les autres, chacune avec sa trouvaille, un totem de chair lardé de coupons de toutes les couleurs où il ne sait plus quelle est la main de qui. Mais de ce qu'il a vu – combien de fois les a-t-il accompagnées là-bas, six, huit, douze fois ? – c'est souvent à Maria que revient le mot de la fin, parce que sa mère aime conclure d'une voix claire et devant les vendeuses que la professionnelle, après tout, c'est Maria, pas elle, en ajoutant qu'elle n'est que sa cliente. Et les vendeuses d'afficher un air déçu au moment où elles comprennent que celle qu'elles avaient prise pour une costumière chargée d'habiller des vedettes n'aura retourné leurs rayons que pour cette petite dame traînant ce malheureux petit garçon.

Une dame enceinte qui plus est, quand elle se met en tête de dénicher un jour d'avril de l'année passée la même nuance de bleu que celui du déshabillé de Gene Tierney, dans un film qu'elle a vu en 1946, précise-t-elle en passant les portes du magasin. *Leave Her to Heaven*. En haut des marches d'un escalier du même bleu, explique-t-elle, intense et clair en même temps, légèrement nacré, elle s'apprête à se lancer pour tuer l'enfant qu'elle porte. Et Maria d'ouvrir des yeux ronds tout en continuant à fixer la couverture du *Photoplay* avec lequel elle avance dans les rayons comme avec une baguette militaire ou une canne d'aveugle. Sans baisser la voix, sans camoufler son propre ventre arrondi, sa mère détaille les pieds de Gene Tierney dans les mules à talons, ses ongles vernis de rouge sous le satin bleu nacré des lanières croisées, perdus sous les bouillons du tissu, une mousseline imprimée ton sur ton, un bleu irisé, magnifique, comme le papier peint derrière d'ailleurs. Mais pourquoi ? demande Maria. Pourquoi quoi ? Tuer l'enfant ? dit Maria du bout des lèvres. Parce qu'elle est folle, réplique sa mère, Gene Tierney joue toujours des femmes dérangées. Ah, ce bleu, Maria, ce bleu... répète-t-elle. Comment l'appeler ? Maria hésite, cherche à se débarrasser du mot qui lui vient, serre les lèvres, n'y parvient pas et laisse échapper, c'est un bleu dragée. Bien sûr ! se félicite-t-elle, un bleu dragée, j'allais dire layette mais non, vous avez raison, Maria, c'est un bleu dragée que je veux pour ma robe. Ces costumiers hollywoodiens pensent vraiment à tout, un bleu dragée pour tuer son bébé, tout de même.

Se forme alors sur l'une des tables un petit monticule puis un amoncellement, une montagne de coupons, une surenchère de bleus comme il n'en a jamais vu, des bleus denses qui pâlissent, s'éclaircissent, des eaux de rivières ; des bleus légers qui, à l'inverse, s'assombrissent comme des ciels de nuit. Des bleus presque blancs, délavés par les néons. Des bleus sans nom. Elles vont et viennent et, chaque fois, rajoutent des épaisseurs, des transparences, des évocations qui traquent le bleu dragée sans le capturer.

Soudain c'est une chasse menée par deux femmes et c'est sans espoir. Il oublie sa soif et sa fatigue, visualise un tas d'oiseaux morts, un bûcher, une palette, se demande ce qui arriverait s'il lançait une allumette dans le tas, de quelle couleur serait le tas en brûlant, si les flammes seraient plus bleues que celles d'un autre feu. Gêné, il détourne la tête vers les vendeuses, discerne un peu d'amusement dans leur agacement quand, soudain, Maria s'éloigne, puis disparaît.

Seule devant le monticule, sa mère semble incertaine. Il la rejoint, regarde avec elle comme on se penche au-dessus d'un bassin, se demande même si tous ces bleus n'ont pas fini par la lasser. Une vendeuse lui demande pour quand est l'heureux événement. Septembre, répond-elle, il me faut des robes bien fraîches pour passer l'été. Regardez cette merveille, et de lui tendre la couverture de son magazine : Gene Tierney arbore une robe en laine de coton aux manches biseautées sur le haut des épaules. Il suffira de ne pas la ceinturer, précise-t-elle à regret, puisqu'elle n'aime rien tant que les robes ceinturées, surtout celle-ci, regardez ce détail à la taille, ce bijou ravissant. Mais reste à trouver le bon bleu... À ces mots et pour la première fois depuis qu'ils sont arrivés à l'étage, il déplie son bras, laisse ses doigts aller vers l'un des coupons amoncelés. C'est un myosotis, remarque la vendeuse, une fleur de montagne. C'est un bleu qui change de nuance quand on s'approche. Tu as l'œil, dis donc, bien que ce soit un peu foncé, dit sa mère. Il sourit, content d'avoir cueilli une fleur dans ce tas de gibier, d'avoir introduit la douceur d'un pétale dans ce carnage. Pas si foncé, madame, corrige la vendeuse, regardez, c'est un bleu changeant, mais Maria réapparaît. La vendeuse lâche aussitôt le coupon. Comme depuis le haut d'un escalier, grande, impériale, les cinq doigts de sa main droite crispés sur un nouvel échantillon comme sur la rampe qu'elle s'apprête à lâcher, d'une voix dure et sans appel, Maria ouvre sa main et abat un morceau de tissu au-dessus du tas : Céladon, déclare-t-elle, je ne vous ferai cette robe qu'en vert céladon. La vendeuse lui sourit. Sa mère hésite, se trouble, réplique que jamais dans le film, l'actrice ne porterait un vert aussi... Justement, affirme Maria, du bleu indiquerait que vous attendez un garçon, du rose, une fille. Avec le vert, au moins, tout est possible.

Il saisit le coupon, le fait glisser doucement vers les doigts de sa mère, prie pour qu'elle accepte le choix de Maria, ses arguments fallacieux, espère distinguer les premiers mouvements de sa nuque qui acquiesce, consent, telle une vague qui ondule, lointaine, incertaine, toujours susceptible d'être reprise par le drapé étale, de gonfler sans se briser ni se rendre. Maureen O'Hara pourrait porter un vert pareil, mais pas Gene Tierney, marmonne-t-elle, quand brusquement, elle tourne la tête vers lui : Au fait, tu préférerais avoir une petite sœur ou un petit frère, je ne te l'ai jamais demandé ? Il ne sait pas, mais dit qu'il préfère le vert céladon. C'est la première fois qu'il prononce ce mot. Il s'applique, le dit lentement, pour qu'elle décèle dans les sons mêmes une harmonie, une présence tranquille, celle d'une femme qui attend son bébé et ne lui veut aucun mal.

Va pour le vert alors, conclut-elle, mais les Américains, eux, l'appellent eau de Nil.

Dans le cortège, plusieurs mains tapotent le haut de son crâne, et, contrairement aux mains des femmes du quartier, la pharmacienne, les voisines, qui s'aventurent dans ses cheveux lorsqu'il les rencontre avec sa mère, il ne ressent aucune gêne car tous les hommes ici ont des cheveux semblables aux siens, épais, crépus et désagréables au toucher. Il est plus occupé à constater cette absence de gêne qu'à profiter de la fierté dont ils le recouvrent, celle de son père en particulier, ses yeux plus brillants ici qu'à la maison quand il précise que son fils est premier de sa classe depuis toujours, qu'il rafle tous les prix, une remarque qu'il laisse échapper pour une fois avec un surcroît d'arrogance parce que sa femme n'est pas là pour le modérer. Le monde est ainsi fait, explique-t-elle doctement, que les hommes quels qu'ils soient et d'où qu'ils soient sont toujours jaloux les uns des autres. Tu es folle, rétorque son père, qui pourrait nous envier ? Tous ceux qui ont des enfants malades ou stupides, qui n'ont pas de travail ou qui portent des vêtements mal coupés. À sa réponse invariable, il n'ose jamais opposer que, jaloux ou pas, les hommes ne sont pas des sorciers habilités à se jeter des mauvais sorts. Chaque fois qu'il pince ses lèvres sur cette réflexion, il se demande si c'est pour ne pas la mettre à court d'arguments ou ne pas l'entendre insinuer que si, justement, il est dans la nature humaine de détenir de tels pouvoirs.

Entre deux clameurs, son père dit, regarde Paris. C'est une chance que nous puissions être là, sur la plus belle avenue de France, avec ce drapeau. Quand ils ont débarqué, ils ont longuement hésité entre deux panneaux, une vie ne tient qu'à cela parfois, dit-il, à un panneau. Sa mère était si heureuse d'aller en France, précise-t-il, malgré l'exil, malgré la peine. Dans les brumes de la traversée, elle apercevait déjà les vitrines, les souliers, les robes. Mais elle m'attendait, n'est-ce pas ? demande-t-il en se rendant compte qu'il est obscène de demander une chose pareille à son père, mais il veut savoir quelle place il occupe dans l'espace, s'il est visible, s'il pèse, si sa mère est obligée de penser à lui à chaque mouvement qu'elle fait ou si elle peut l'oublier un instant, plusieurs minutes, plusieurs heures. Oui. Et depuis combien de mois ? Je ne sais pas, bafouille son père, quelques mois. Et toi ? poursuit-il. Quoi moi ? Mais comme s'il avait encore franchi un degré dans l'impudeur, le regard de son père se durcit, laisse sa question en suspens, à l'arrière des clameurs qui tonnent de plus belle, vers lesquelles il accélère le pas tandis qu'il est obligé de trottiner à sa suite, le papier kraft coincé sous son bras, pour ne pas le perdre de vue.

Sur les Champs-Élysées, ils sont plus de trente mille à tresser dans les mêmes cris leur crainte, s'ils perdaient la guerre, et leur espoir, s'ils la gagnaient. Ils brandissent les deux drapeaux, tandis qu'ils ne sont ni d'ici ni de là, que ce sont deux patries d'adoption avec des conditions de naturalisation, des douanes, et qu'au fond, ce qui les réjouit, ce n'est ni l'une ni l'autre séparément mais les deux ensemble, enfin réunies, sans qu'on incrimine leurs contradictions ou leur préférence. Nous avons fait le bon choix, la France, dit son père en arrivant près du palais présidentiel, nous avons eu raison. Tu sais, enchaîne-t-il fièrement, ils vont construire une nouvelle ambassade, la plus grande après celle des États-Unis et de l'URSS. Tu te rends compte, la troisième de toutes les puissances. Il voit aussitôt une armée de canons pointés, des colonnes de soldats en marche, et, sans réfléchir, demande à tenir le drapeau. Son père le lui tend. Le piquet est lourd, le satin plus empesé qu'il ne pensait. Il agite son bras mais ne parvient à déclencher aucune ondulation. Il doute même d'être là, avec eux, dans les cris et les slogans, semble subir le même empêchement que dans un rêve. Il pense à sa petite sœur qui ne se déplace qu'en rampant, à cette jambe rétive pour laquelle sa mère l'emmène désormais à l'hôpital, chaque fois plus pimpante et plus inquiète au point qu'il lui a proposé de l'accompagner aussi la deuxième fois et qu'elle a refusé tout net. Seuls les enfants malades vont à l'Hôpital des Enfants Malades, a-t-elle répliqué, inutile d'aller tenter le sort avec un enfant qui n'a rien. Et s'il avait au bras la même faiblesse que sa sœur à la jambe ? Une grande main s'écrase sur ses cheveux. Il n'y a pas que la tête dans la vie, dit l'homme, il faut aussi des bras et des jambes. Il voudrait lâcher le drapeau mais se contente de le rendre à son père en songeant qu'il a eu tort de venir, qu'il aurait mieux fait de transpirer dans les allées du marché Saint-Pierre.

Le satin noir forme autour d'elle une grande flaque huileuse. Une carapace fondue, pense-t-il, en s'agenouillant pour embrasser la petite qui, sous son baiser, bascule, tombe sur le côté, commence à ramper entre les pans de tissu. Sa peau est très blanche à côté, si blanche que le contraste éclipse les autres couleurs, le brun et le vert du tapis, l'orange clair de son pyjama. Soudain, c'est une image en noir et blanc qui prend corps dans leur salon, entre eux. En même temps qu'il bondit à ses côtés, il suit les mouvements de son père, regarde où il pose le drapeau enveloppé de kraft, dans quel coin de la pièce il va le remiser et pour combien de temps. Sa sœur se pousse jusqu'à lui, se cramponne à ses jambes pour se hisser au-dessus du sol, passer du contact râpeux du tapis au coton doux de son pantalon.

Après ce long trajet, cette marche épuisante sous le soleil, les cris, la hampe si lourde entre ses mains, il colle sa joue contre l'éponge du pyjama, sur la cuisse tournée vers l'intérieur, songe un instant qu'en plaquant ainsi sa tête, il masque le problème, le rend inexistant. Il a eu lui aussi

des vêtements en éponge, dont sa mère l'envelop-
pait après la plage, l'eau du bain refroidie, ses
gestes attentionnés moulés dans le tissu épais,
l'empreinte de ses mains continuant à le frotter
alors qu'il était déjà sec, juste pour le réchauf-
fer. Il renifle une odeur de lessive, le musc de sa
mère et l'huile de camphre dont le médecin lui a
dit d'enduire la hanche. Au retour de l'hôpital, la
première fois, c'est ainsi qu'elle résume la consultation, Bob Taylor m'a dit de frotter la hanche
avec de l'huile de camphre, pour la détendre. Il ne
peut pas ne t'avoir dit que cela, réplique son père.
Si, si, pour l'instant, c'est tout ce qu'il m'a dit, il
faut attendre les examens. Il regarde son père et,
légèrement craintif, ajoute que le médecin a com-
paré les articulations aux gonds d'une porte, puis
file dans sa chambre pour noter dans son cahier
le mot gond.

Il essaie de replier le satin, comme il a replié
le papier kraft. Il en ira peut-être ainsi de toute
sa vie, replier ce que les autres déplient, ranger,
redonner de l'ordre à ce qui n'en a plus. Chaque
fois qu'il rabat un pan de satin sur un autre pan
de satin, la petite se jette dedans, tire dessus, et,
chaque fois, il la laisse faire tandis que sa mère
lâche en passant, elle va finir par me l'abîmer.
Mais il voit bien que ses mots ne sont pas accor-
dés à ses paroles, qu'au fond, elle jubile de voir
s'agiter ainsi les pans de satin noir, que dans
chaque nouveau détail que donne son père sur la
manifestation, elle pique un regard vers le tissu,
plus ou moins long, plus ou moins furtif, double
le récit de cette journée ensoleillée de ce fond
noir, festif et chatoyant. Ce qu'elle fait d'ailleurs
dès leur retour puisque, sitôt la porte ouverte, dès

qu'elle aperçoit leurs deux silhouettes, elle ne dit pas bonsoir, ne leur pose aucune question et, d'un seul coup, déverse son coupon au milieu du salon, tout autour de la petite, en une seconde recouverte, nappée, éclatant de rire sous les vagues reluisantes du butin.

Maria voulait commencer à travailler dès ce soir, mais je ne pouvais pas ne pas vous le montrer. J'irai le lui apporter après le dîner. Ou plutôt non, tu iras, toi, dit-elle, comme ça tu pourras raconter ta journée à Pepito. Elle demande quand même s'il y avait des femmes, des enfants dans le cortège, écoute à peine la réponse.

Ton satin brille moins que nos drapeaux, rétorque-t-il fièrement. Loin de déclencher la moindre hostilité, sa remarque libère un flot de détails concernant la séance au marché Saint-Pierre, qui ajoutent à son après-midi celle de sa mère, de sa sœur et de Maria ; aux pans de tissu blanc, les mètres de tissus noirs enroulés sur les tables, dans les bacs du magasin, un peu partout dans les coins, à croire que le satin est le tissu le plus commun, le plus répandu du monde. Tandis qu'elle décrit la profusion et l'embarras du choix, le satin de soie, le crêpe de satin, le taffetas de satin, j'en oublie, il voit les hampes se transformer en toises de bois, les vendeuses entailler d'un coup d'ongle ou de ciseaux le drapeau, quelques centimètres, puis le diviser, le fendre sur toute sa longueur, son oreille brusquement tendue vers le son sourd et roulant d'une toile qui se déchire, accrochée à ce son aussi viril que le sifflement du vent dans les voiles d'un bateau, ou celui d'un filet, d'un lasso qui cingle, de tous ces instruments donnés aux mains des hommes et des hommes seulement. Pour un peu, s'il osait, il retirerait cette tâche aux vendeuses, les remplacerait toutes par des vendeurs, irait même jusqu'à leur arracher leur toise et leurs ciseaux pour être dans le magasin celui qui mesure et qui taille.

Le satin de soie est ce qu'il y a de plus brillant mais il est mou, le crêpe de satin est encore plus mou, explique-t-elle, évidemment la vendeuse a insisté parce qu'il est plus cher mais quand je lui ai montré la photo de la robe, elle a reconnu son erreur, tu penses, c'était la première fois qu'elle voyait un fourreau de sa vie. Il n'y a qu'en Amérique qu'on voit ça. C'est la petite brune avec la frange et les lunettes rondes, comment s'appelle-t-elle déjà ? Nadia ? Lydia ? Il ne veut pas avoir l'air de l'identifier mieux qu'elle, grommelle un incompréhensible Lydia entre les plis de l'éponge orange. Soudain il voudrait que sa sœur soit grande, la plus grande des deux, que ce soit elle qui reçoive les récits de leur mère, pour qu'elle cesse de le poursuivre au-delà du marché Saint-Pierre avec ses coupons, d'oblitérer ses visions, ses drapeaux de satin blanc et brillant, à coups de chiffons. Elle nous a conseillé le taffetas de satin mais tu connais Maria... Bref, on a pris du satin duchesse mais voilà, je le savais, il ne brille pas assez. Enfin, à mon âge, c'est peut-être mieux...

Elle s'accroupit sur le tapis, caresse le satin. Il est beau tout de même, non ? Du duchesse, rien que ça !

Sur le trajet du retour, c'est lui qui porte sous son bras le coupon céladon emballé dans l'épais papier blanc qui ne laisse rien voir de ce qu'il contient. Elle avance lentement mais parle vite, évoque toutes ces femmes enceintes que Hollywood mettait à l'écart, les faux ventres dont on les affublait parfois pour les besoins d'un rôle, la gloire qui, à l'inverse, leur échappait à cause de leurs vrais ventres. Maria acquiesce non pas tant pour approuver ses propos que pour bloquer, hacher menu tout risque de désaccord entre elles. Des bébés qu'elles avaient comme ça, sans réfléchir, ajoute sa mère, au plus mauvais moment. Des bébés intempestifs, dit-il. Elle s'arrête, lui sourit, accueille le mot d'un air où il décèle, pêle-mêle, l'incertitude qu'il suscite et la lumière qu'il jette sur sa propre grossesse. Et si son bébé à elle aussi était intempestif ? Il n'a jamais osé lui demander pourquoi ils avaient décidé d'avoir un bébé cette année, seulement cette année, si un événement survenu brusquement, un choc émotionnel, peut occuper des années, tant d'années ; ni si, entre leur arrivée en France et ce nouveau bébé, elle imagine un écoulement continu ou, au contraire, une crevasse. Vera Miles aurait dû avoir le rôle de Kim Novak dans *Vertigo*, reprend-elle, mais elle est tombée enceinte juste avant le tournage. Hitchcock lui en a beaucoup voulu. Vera Miles aurait eu une tout autre carrière si elle avait joué Madeleine. Les yeux de Maria durcissent, arment tout le haut de son visage qui cesse de dodeliner. Hitchcock voulait Lana Turner au début, je n'aurais pas cru, mais bon, le pauvre, il avait perdu Grace Kelly... Il est noyé sous tous les noms qu'elle cite. De la gare à la maison, elle parle de plus en plus vite, semble remonter une côte abrupte, escarpée, fournir un effort beaucoup plus grand que celui de Maria ou le sien, alors qu'il n'y a pas plus plat que ce chemin-là, un effort qui n'est pas seulement dû à sa grossesse, mais à une contrariété physique compliquée par l'aigreur et la déception. Elle est même obligée de s'arrêter un moment pour reprendre son souffle. Quand ils arrivent à la maison, il lui tend le paquet mais elle ne déballe rien, file dans sa chambre, le jette au fond d'une étagère, puis revient en se plaignant de son poids, de sa fatigue et n'ouvre plus la bouche de la soirée.

Dans les jours qui suivent, Maria guette le moment où elle lui apportera le coupon céladon mais ce moment n'arrive pas. Le métrage finira par être insuffisant, obsolète, vous ne rentrerez même plus dedans, dit Maria chaque fois qu'elle la voit arriver. Bientôt ce sera l'été, on est en juin, et elle aura trop chaud, même dans ce fil de coton léger. Et Maria de déplorer jour après jour son ventre énorme et ses mains vides. Tant pis, je vous la ferai pour après, finit-elle par dire. Mais il n'y eut pas non plus d'après. Il n'y eut rien. Et tandis que sa mère est à la clinique, en train d'accoucher, il regrette que Pepito ne soit pas monté voir le nouveau poste. Il est malade, je préfère qu'il reste au chaud, dit Maria en arrivant. Pour se soustraire à sa conversation ennuyeuse, il remonte le couloir à l'envers, sans quitter des yeux le carton qui trône au salon, puis arrive devant la porte de leur chambre. Il entre, surpris par l'air frais, le silence. Sans s'attarder ni sur le lit ni sur le désordre laissé sur la chaise, le bureau, il se dirige vers le placard de sa mère. Au fond de l'étagère, ses mains fourragent, trouvent le paquet, le défont délicatement. Il reconnaît le lainage vert céladon, plus mou que dans son souvenir, se demande même s'il n'a pas jauni, ce qui pourra lui redonner vie. Il referme le paquet, le repousse tout au fond de l'étagère, plus loin encore que là où il l'a trouvé, l'enfouit sous d'autres affaires, des foulards, des sacs, puis il laisse son regard courir le long des parois verticales, les photos collées, les flacons, ses doigts sur des pochettes qu'il ouvre une à une pour trouver dedans des enveloppes racornies, des lettres, et, dans ces lettres au papier très fin, des bouts de magazines ou de tissus découpés, repliés, un timbre, un billet de banque étranger renfermant une fleur séchée ; minces et délicates, au bout de ses doigts, les membranes sans poids ni volume d'une matière tranchée, amenuisée par le temps, les souvenirs, la mémoire de sa mère. Aux psychés larges et lumineuses vers lesquelles se tournent les femmes dans les films américains, sa mère semble préférer une cavité étroite et sombre, où on avance la tête comme dans un four. Sur l'étagère, il attrape une brosse, un pot de crème, puis s'éloigne du placard, s'assoit au bureau de son père, le regard vague et absorbé par le miroir qu'il imagine. Il commence à se coiffer, lentement, comme elles font. C'est toujours là qu'elles sont pensives et contrariées, toujours là que les maris viennent les cueillir, provoquer une explication, un aveu, une scène. Au cours des années 1930, lui explique un jour sa mère, Hollywood a mis en place le code Hays. Il fallait que la présentation des chambres à coucher soit dirigée par le bon goût et la décence, c'est pour cela qu'il y a autant de psychés, pour éviter de montrer des lits. Nous en avions une là-bas. Je m'y sentais comme une reine. Moi aussi, j'ai annoncé des choses importantes en me coiffant, en me parfumant devant ma glace. Il demande quoi, elle hésite puis répond que ce ne sont pas ses affaires. Il repose la brosse, s'enduit les mains de crème Nivea puis recommence à se coiffer jusqu'à ce que la brosse soudain accroche, se bloque dans le crin de sa tignasse, patine entre ses doigts gras. La voix de Maria se rapproche, demande ce qu'il farfouille aussi longtemps dans la chambre de ses parents, annonce que les livreurs auront bientôt terminé l'installation. Il bondit, range tout ce qu'il a dérangé, sort en vitesse.

Les méandres de satin noir ont envahi tout le tapis. Ils coulent sous son genou, entre les doigts de sa mère, sur les cuisses de sa sœur, et bientôt, même sur la cheville de son père qui avance vers la télévision. Remballez-moi ça, dit-il en allumant le poste. Sa mère se relève d'un coup et ajoute, oui, va donc l'apporter à Maria. Non, attends, dit son père, regardons d'abord les informations, ils vont sûrement parler de la manifestation. Alors il commence à replier le satin, consciencieusement. Sa mère se dirige vers la cuisine. Tu ne regardes pas avec nous ? lui demande-t-il. Non, je dois préparer le dîner, il est tard.

Sous les drapeaux qui ondulent, parmi les silhouettes, les visages, il cherche les leurs, mais il ne voit rien. Si seulement il s'apercevait une fraction de seconde, il verrait comme il est si blanc, si pâle par rapport à tous ces hommes, les amis de son père, son père. S'il n'avait pas les mêmes cheveux qu'eux, il n'aurait rien à faire là, et soudain, au vu de cette masse brune et velue, il préférerait ne rien avoir à faire là, apparaître comme un intrus. Si seulement le reportage avait pu filmer cela. Avant de partir, sa mère lui avait suggéré de prendre sa casquette à cause du soleil, mais il avait refusé. Est-ce qu'elle pensait vraiment au soleil ou plutôt à la taille de ses repousses qu'il fallait camoufler ?

Ce qu'elles doivent être énervées, lance son père en souriant, très énervées. Qui ? Il n'obtient aucune réponse mais elles lui apparaissent, entre ses mains, comme issues des pans de satin noir, taillées, moulées dedans, leur carapace plus mate que brillante. Des homards pétrifiés par ce qu'ils ont découvert depuis les fenêtres de leurs bureaux et de leurs salons, leurs mandibules, leurs antennes, ralentis et suspendus. Alors il se penche à l'oreille de la petite et dit, les bêtes noires de… il ne peut pas dire les bêtes noires de papa, non, il ne peut pas, il y songe une seconde, puis renonce. La petite complète sa phrase, tend son index vers leur père, pa-pa, dit-elle, joyeuse. Très énervées, répète son père. Qui ? Tes bêtes noires ? suggère-t-il comme il dirait tes cousins boulangers ou tes amis anglais, en désignant une population objective. Plus fier encore que sur les Champs-Élysées, son père acquiesce et jubile. Pour un peu, il se lèverait de son siège, irait chercher le drapeau et l'agiterait, là, debout, seul devant le poste, mais il ne bouge pas, se contente de moduler son sourire en fonction des paroles du présentateur. Pêle-mêle, celui-ci évoque les 88 % de Français qui souhaitent la victoire, l'embargo sur les armes, la voix de la France qui n'a pas été entendue, l'hybris. Il ne pose aucune question mais répète plusieurs fois entre ses dents les deux mots, embargo, hybris, éprouve sur ses lèvres leurs sons ronds, durs, compacts. Évidemment, comme il avait annoncé qu'ils s'enliseraient dans les sables du désert, le Général est furieux ! s'écrie son père qu'il n'a jamais vu dans un tel état, une joie fébrile, sardonique, pareille à celle que manifestent parfois certains garçons de sa classe lorsqu'ils marquent un but, qu'il aimerait partager mais, devant son père, comme pendant les matchs, c'est une joie si lointaine qu'elle est facile à liquider en deux mots glissés à Pepito, quels abrutis.

Sur l'écran, les deux drapeaux se chevauchent et c'est comme s'il assistait soudain à l'accouplement de deux chiens dans la rue. Il se lève, va vers sa chambre, attrape son cahier. Il note embargo, hybris, puis, à la ligne, cette phrase étrange, comme dite par un autre : De quelle patrie sont-ils vraiment les patriotes ?

Il referme le cahier, revient au salon prendre le tas de satin noir resté sur le tapis près de la petite, puis sort en claquant la porte.

« Décidément, c'est la journée des taches aujourd'hui » est la phrase sur laquelle toutes les lèvres se pincent, se mordent jusqu'au sang, pour ne pas la jeter au beau milieu du salon. Mais n'y tenant plus, sa mère quitte le canapé, revient avec une éponge. Elle s'accroupit, frotte la tache de café sur le tapis, au milieu des jouets épars. Ses yeux vont du poste au dos de son père, de la tache à l'écran, au tissu de la robe blanche, léger, presque transparent sur les vertèbres de sa mère, l'arête courbe de sa colonne secouée par les mouvements de son bras. Son regard s'affole sur le squelette recroquevillé, bombé comme une coque dure, une carapace blanche et translucide. Tandis que le Général parle, que sa phrase résonne encore, ce qu'ils avaient-z-été de tout temps, avaient-z-été, il la découpe, taille dedans, z-été, z-été.

Doucement, il glisse vers le tapis, près de sa mère, colle ses deux doigts ensemble, imite un corps volant, qu'il dirige vers le crâne de sa mère en bourdonnant, z'été, zété, bzzzzz. Elle relève la tête, hésite entre la surprise et la crainte parce qu'enfant, là-bas, les cafards qui se fichaient dans ses cheveux épais lui donnaient des cauchemars. Au moins, en France, on en a eu fini avec ces horribles bestioles, dit-elle, trop contente d'employer un mot si français, de n'avoir plus à chasser, l'été, que d'insignifiants moustiques devant la fenêtre grande ouverte. Bzzz. Arrête, dit-elle. Mais il n'arrête pas. Bzz, bzz. Ses doigts retombent près d'elle, sur le tapis qu'elle vient de frotter avec du détergent mais d'où émane encore l'odeur du café. Mais quel âge as-tu ? le houspille son père. Tu sais, murmure sa mère à son oreille, je crois qu'il a de nouveau ses bêtes noires. Et tandis qu'elle prononce cette phrase presque gaiement, il reforme une autre bête avec ses doigts, la fait courir sur ses bras nus. Elle ne se défend pas, ne se raidit pas.

Tu me chatouilles, proteste-t-elle en souriant.

Les bêtes de son père sont aussi noires que celles de sa mère sont rouges, celles qui la mettent parfois de si mauvaise humeur et qu'on ne voit pas. Mais depuis qu'il a appris leur existence en sciences naturelles, il ne peut s'empêcher de les visualiser, enfouies, lourdes et suspendues dans le corps de sa mère, transformant son ventre en méduse lardée de filaments rouges, mobiles, qui dansent et la lestent, tandis que les bêtes noires de son père peuvent tout simplement apparaître là, devant lui, à l'écran, comme Michel Debré, à la télévision, dans la télévision.

Ils se rassoient sur le canapé.

Le Général est fâché, risque sa mère. Il se demande un instant si elle ne dit pas fâché pour ne pas dire taché. Fâché ? Et de quoi ? réplique aussitôt son père. D'avoir un pays plus petit qu'avant. On ne réfléchit pas comme ça en politique, on n'est pas au cinéma. Je veux bien un autre café, ajoute-t-il. Et moi, je te dis que ça compte, insiste-t-elle en se relevant.

En chemin vers la cuisine, elle passe sa main sur le bord d'une étagère, le dessus du poste, en retire un trait de poussière. Puis elle s'arrête devant un autre meuble, redispose les objets dessus, range tout ce qui lui tombe sous la main. Elle n'en finit pas de multiplier les gestes inutiles, comme pour les enrouler tout autour des phrases capitales, chercher à les camoufler, les fondre, les noyer dedans.

Les grands hommes aiment avoir de grands pays, déclare-t-elle en disparaissant dans la cuisine.

Jamais il ne leur a dit qu'il était son grand homme. Il collectionne les récits, les anecdotes, il voit des scènes dont ils n'ont jamais entendu parler et qu'il connaît par cœur. Il ignore pourquoi certaines scènes s'incrustent plus que d'autres. Comme ce dimanche matin, où, à son retour de Beyrouth, il entre pour la première fois dans le salon des Grünebaum-Ballin, rue du Ranelagh. C'est à la fin des années 1930, il n'est encore que colonel. Il franchit le seuil de cet appartement cossu où les reflets du soleil dansent sur l'argenterie. Les manières et l'entregent de ses hôtes ont raison de tous ses soupçons.

Dreyfus n'aura jamais été que l'arbre cachant la forêt, explique-t-il en prenant place dans un premier cercle, se souvenant de ce qu'il entendait enfant, à la table de ses parents, la volonté de tuer dans l'œuf toute réforme de l'armée française, d'y recruter penseurs et intellectuels, la seule chance de redonner au commandement militaire un avenir politique.

Au centre du salon, le vieux colonel Mayer l'approuve de loin. Il se lève, s'avance vers lui. Du haut de son mètre quatre-vingt-treize, il doit infiniment se courber pour se mettre à la hauteur du vieillard. Et quand il s'assoit à ses côtés, il continue encore à se pencher pour lui parler. Lui exprime-t-il suffisamment de respect ? Ou bien regarde-t-il son hôte d'un air ahuri en songeant que décidément, c'est un drôle de mélange, le nom de Mayer et l'armée française, que l'ambition l'oblige à faire de ces génuflexions ? À ce degré, pense-t-il, ce ne sont même plus des courbettes mais des contorsions. L'instant d'après, ou est-ce un autre dimanche matin, puisqu'il prend l'habitude de revenir dans ce salon chaque semaine, Mayer le présente à Paul Reynaud et à Léon Blum.

Il n'a plus envie ni de regarder ni d'écouter le Général. Il préférerait mille fois que sa mère ait l'audace de tourner le bouton du poste en passant devant pour faire apparaître d'autres images à l'écran, substituer au bourdonnement qui lui emplit la tête, z'été, zété, les sons feutrés d'un dialogue entre deux acteurs américains, Robert Taylor et Barbara Stanwyck, mais elle revient au salon, dépose la tasse sur la table basse, hésite, reste debout, non pas pour mieux écouter la conférence mais pour veiller à ce qu'aucun mouvement brusque ne renverse le deuxième café. Elle repart à la cuisine où elle range à grand bruit de la vaisselle, des casseroles, revient avec un verre d'eau.

Son père ne lui dit pas d'arrêter de s'agiter, il semble ne même plus voir la robe blanche virevolter d'une pièce à l'autre. Son dos se durcit, ses mâchoires se contractent, tout son corps devient de la pierre. C'est au Général qu'il voudrait demander d'arrêter. Qu'il stoppe net, qu'il soit frappé d'une aphonie brutale, qu'une embolie survienne ou une panne de courant, quelque chose, n'importe quoi même la mort, pour ne pas percevoir ce qu'il perçoit : l'espace immense d'un pont déserté, des cordages qui se dévident sur le bateau qui les emmène en France, glissent entre leurs mains, cisaillent leurs paumes, leurs tympans, vrilles reptiliennes, nœuds fluides et coulants, quasi liquides, des cordes folles et furieuses qui s'enroulent autour de leurs jambes, les enserrent, les entraînent, les tirent vers le fond de l'abîme, tout au fond, gainent leur chute, sous les yeux froids du héros national, nous sommes la France, qui est en train de les lâcher. Ce voyage en bateau qu'on ne lui raconte jamais et qui soudain, en quelques phrases, se déploie, dégorge. Ce que tu es blanc, dit sa mère à son père. Tu ne bois pas ton café ? Tu veux un peu d'eau fraîche ? Sa robe lui paraît soudain si blanche qu'il n'y voit même plus la trace de la tache. Est-il plus pâle qu'eux, devenu même invisible pour qu'elle ne lui propose pas un peu d'eau fraîche à lui aussi ?

Ses yeux scrutent un peu plus l'écran, discernent une liasse de notes fondue dans la nappe, camouflée dans le velours épais, une chemise en carton souple qui doit contenir tout le discours du Général et dont il aimerait soudain feuilleter les pages, examiner les ratures, les biffures, les traits de crayon jetés ici et là jusqu'à la dernière minute. Y trouverait-il une croix entre « ce qu'ils avaient » et « été de tout temps », anticipant, prévenant le velours ? Et, si le Général avait regardé ses feuilles, leur aurait-il au moins épargné ce bourdonnement intempestif, l'intrusion de ce cafard volant dans leur maison ? Il guette l'instant où le Général va baisser la tête vers la liasse, ne quitte pas des yeux ses yeux, mais à aucun moment ses grandes mains ne l'effleurent. Il a chaud, il étouffe, il voudrait de l'eau fraîche mais n'en réclame pas. De la conférence, il n'entend plus que des bribes, des noms, celui de Jérusalem qui revient, aimante d'autres bribes.

Hier, quand le vieux est arrivé devant le mur, dit l'homme lors de la manifestation de juin, de loin, la première chose qu'il a aperçue, c'est un panneau de porcelaine vert et bleu qui le toise depuis dix-neuf ans. C'était comme dans un rêve, ajoute-t-il. Au milieu de ces clameurs, sous ce soleil, dans ce jour cuisant, la phrase l'étonne mais c'est grâce à cette phrase que l'homme parvient à capter l'attention de tous ces hommes inquiets qui marchent et qui, soudain, ralentissent, se taisent et, captivés, l'écoutent. C'était comme dans un rêve, répète-t-il. C'est le cheval de Mahomet, un cheval à tête de femme avec des ailes et une queue de paon, qui aurait mené le prophète jusqu'à la ville sainte, celui qu'ils appellent Al Bouraq. Sur la plaque, l'inscription est en arabe et en anglais. Le vieux se souvient sûrement que la dernière fois qu'il était devant ce mur, il portait l'uniforme anglais alors, sans réfléchir, il ordonne aux soldats de décrocher la plaque sans abîmer les pierres et, dans la seconde, alors qu'il n'a plus de fonctions, ne commande plus personne depuis longtemps, les soldats obéissent, se font la courte échelle pour atteindre le panneau.

Au milieu de tous ces hommes bruns, il semble le seul à ne pas savoir de quel vieux il parle, ni de quels soldats ou de quel mur, alors il voudrait au moins se figurer la taille du panneau. Comme il le ferait en classe, il lève la main, croise le regard de l'orateur qui l'autorise à poser sa question. La plaque mesurait-elle quelques centimètres ou quelques mètres ? Mais je ne sais pas, mon garçon, lui répond-il, interloqué, et d'ailleurs quelle importance ? Les regards se tournent vers lui, amusés, narquois, et vers son père, il est bizarre parfois, on ne sait pas où il va chercher ses idées, dit-il, sans être ni trop dur ni trop cassant pour qu'à la surface de cette bizarrerie affleure peut-être la marque du génie. Tais-toi maintenant et écoute, ordonne-t-il, tandis que l'autre reprend : les soldats essaient d'abord de la dévisser au moyen d'un petit tournevis, de la retirer calmement, mais le vieux, en bas, n'arrête pas de les presser, de leur dire, vous vous croyez à la maison ou quoi ? C'est le mur, le mur du Temple, tout en leur enjoignant de ne rien abîmer. Il faut même le retenir, pour qu'il ne grimpe pas à son tour, lui, malgré ses quatre-vingts ans bien sonnés. Mais les soldats n'arrivent pas à dévisser la plaque, si bien que l'un d'entre eux finit par sortir un petit marteau de sa poche et la brise. La petite taille du marteau lui donnerait un début de réponse sur celle de la plaque, à moins que ce ne soit la marque d'une délicatesse manifeste à l'égard de ces pierres qu'il faut ménager et qu'un grand marteau abîmerait certainement, ou encore, se dit-il, le recours aux moyens du bord d'un soldat ne pouvant sensément transporter avec lui que de petits outils. La plaque devait faire quelques centimètres, dit-il à son père qui, de nouveau, lui fait signe de se taire. Vous vous rendez compte de ce que ça a dû être pour lui, aucune de ses guerres ne lui a jamais rapporté un tel symbole, et jusqu'à la veille encore, il refuse, il déconseille de prendre la vieille ville, mais quand il est devant, tout ce qu'il veut, c'est remplacer le cheval de Mahomet par le drapeau et pleurer de joie. Et les éclats de la porcelaine, de quelle taille sont-ils, sur qui retombent-ils ? marmonne-t-il entre ses dents. Ah non, tu ne vas pas recommencer avec tes questions bizarres ! Ce que ça a dû être, reprend quelqu'un tandis qu'un autre demande, mais où as-tu vu ces images ? À la télévision ? Dans les journaux ? Et l'homme de laisser toutes les questions en suspens, comme des phrases muettes, se fichant bien d'indiquer ses sources tant le récit suffit, tant il est extraordinaire. Ce devait être comme dans un rêve, reprend-il. Et soudain, c'est comme s'il marchait lui aussi dans un espace différent, dans un rêve, perdu, égaré, s'accrochant à des détails anodins, les couleurs vives d'une mosaïque qu'il n'a jamais vue, la crosse d'un marteau, un sol étoilé de débris.

Sur le trajet du retour, il cherche à savoir qui est ce vieux, où est ce mur, mais son père ne lui répond que du bout des lèvres et sans détails. Pourquoi ne pas m'expliquer ? proteste-t-il. Parce que toi, tu es né ici, en France. Ce sont de vieilles histoires, crois-moi. Mais il a dit que ça s'était passé hier… Oui, mais très loin d'ici. Où ? Très loin d'ici, je te dis. Alors pourquoi m'avoir emmené avec toi ? insiste-t-il. Pour que tu voies. Que je voie quoi ? Je ne sais pas, que tu voies.

L'un après l'autre, ses parents boivent de l'eau fraîche au même verre mais ne lui en proposent toujours pas. Alors il se lève, va se servir dans la cuisine, revient en marchant lentement avec son verre rempli à ras bord, se rassoit derrière eux, dans l'empreinte qu'il a laissée sur le canapé. Puis tout en buvant une première gorgée, il cherche sur la robe de sa mère la trace de sauce tomate, la seule chose qui ressorte, leur donne une consistance à tous les deux, un passé, une existence antérieure au moment, et, pour élargir encore la perspective, il s'entend demander, comment fait-il pour retenir autant de choses à son âge ? Personne ne lui répond. Ni lui ni elle. Il boit une deuxième gorgée, plus longue, espère que l'eau refroidira suffisamment sa gorge pour geler ses paroles quand, soudain, le dos de son père se redresse, se tend, s'écarte de son siège, projette quelque chose vers l'écran.

Il sursaute, renverse l'eau de son verre sur sa chemise.

C'est un crachat jailli des profondeurs, qui semble napper l'écran, épouser sa courbure. C'est une injure, jamais entendue, jamais proférée entre ces murs avant ce jour, sous leur toit, une nouvelle éclaboussure qui fait reculer sa mère d'un pas. Elle croise son regard, navrée, désolée, de l'explication qu'elle ne lui donnera jamais, de ce qui ne sera jamais traduit par elle, ce juron qui l'a à peine effleurée puisqu'elle s'est écartée, un mot si grossier qu'elle n'est même pas certaine d'en connaître le sens, de ces mots réservés là-bas aux autochtones, issus d'une fréquentation des quartiers malfamés où seuls les hommes s'aventuraient quelquefois, mais qui fait sonner à ses oreilles toute l'abjection et la violence des bas-fonds.

Dans la seconde qui suit, la petite hurle au fond de la maison. Il bondit, se précipite dans la chambre, vers le lit à barreaux où elle s'est assise en pleurs, la jambe en dedans. Il se penche, la serre sans réussir à la calmer. Il la soulève hors du lit, l'étreint plus fort. Ses sanglots s'infiltrent, diffusent une chaleur à travers sa chemise imbibée d'eau froide. Tout se mélange, leurs côtes, les barreaux, c'est une carcasse tendue de chair hurlante et imbriquée, une prison de flammes et de cris. Il ne pourrait plus vivre sans elle, seul face à eux deux qui parlent une langue qu'il ne connaît pas et qu'il n'aime pas, parce qu'elle jaillit comme un crachat sur l'écran de la télévision, souille le visage de son héros, de la France. Leur famille lui apparaît soudain comme deux blocs distincts, là-bas et ici, ici et là-bas. Tandis que les secousses du petit corps s'amenuisent, il ne sait pas où il trouverait la force de vivre ici, si l'opération qu'elle doit bientôt subir devait mal se passer, seul avec eux, sans la perspective qui s'ouvre avec elle, un sillon nouveau, une langue nouvelle, large, creusée, dans ce pays perçu au loin, depuis le pont d'un bateau bondé, dans les brumes de l'Occident.

Un vent froid est passé sur la table pendant le déjeuner, juste avant que son père ne renverse l'assiette de spaghettis fumants, quand elle racontait encore pimpante sa visite à l'hôpital. Après l'examen des dernières radios et une longue discussion entre eux, Bob Taylor lui rend la petite, cesse de l'appeler comme ça, c'est ridicule, mais non, plus ça va, plus il lui ressemble, réplique-t-elle. Il s'approche et commence à lui expliquer. L'opération n'aura de toute façon pas lieu avant six mois. Avant cela, on l'immobilisera dans un lit, à l'hôpital, avec des poids, puis, pendant quatre mois, dans un plâtre. Ce n'est qu'ensuite qu'on décidera s'il faut opérer. Elle se concentre pour visualiser les périodes qu'il indique, les étapes de soins, c'est le mot qu'il emploie. Il utilise des mots savants mais aussitôt que ses yeux se voilent, il en utilise de plus simples, dit-elle. Elle est touchée par l'attention qu'il lui porte, puis il revient dans le détail sur les différentes positions dans lesquelles on mettra l'enfant. L'enfant ? Elle cherche à accrocher son regard, n'y parvient pas, cherche les yeux d'une infirmière, d'un étudiant, de n'importe qui d'autre présent à la consultation, en vain. « L'enfant » lui retire d'un seul coup toute l'attention dont elle croyait bénéficier, la rejette dans la pagaille anonyme de la salle d'attente. C'est vrai ça, s'insurge-t-elle, comment peut-on parler de son enfant à une mère comme si c'était n'importe quel enfant ? Mais devant le médecin, elle réprime tout commentaire. Il se met à tracer des formes dans l'air, l'outillage, le lit, les poids de traction, tandis qu'elle pense à James Stewart, à sa jambe plâtrée si longue devant lui, à Grace Kelly qui virevolte dans ses imprimés délicats et vaporeux, d'autant plus mobiles et souples qu'il ne peut pas bouger. Elle fera de même quand la petite sera plâtrée, elle changera souvent de robe, enfin si Maria parvient à reprendre le rythme. Quand il a fini, le médecin lui demande si elle a des questions. Elle hésite, se retient de lui demander s'il connaît Robert Taylor, fait non de la tête. Il veut savoir d'où elle vient, son accent, son pays d'origine. Il déclare qu'ici, en France, la petite sera mieux soignée que là-bas. Et sans savoir ce qui lui prend, elle réplique qu'en Amérique, elle le serait encore davantage.

Dans la pénombre de la chambre s'étalent soudain les morceaux d'un sommeil épars, déchiré, qu'il faut recoudre, dont il faut retendre coûte que coûte le fourreau pour qu'elle se glisse dedans à nouveau. Entre ses bras, elle pose sa joue contre l'étoffe fraîche de sa chemise. Son souffle s'apaise mais elle ne se rendort pas. Il ne la ramènera pas au salon, pas tout de suite, ne la jettera ni dans les flammes de la conférence ni dans celles de leur stupeur. Doucement, il la dépose au sol, s'accroupit devant elle, lui tend la main. L'ombre des persiennes zèbre son petit visage, son buste minuscule. Elle agrippe sa main, monte sur ses jambes, puis, dans un sourire, la lâche. Il a envie de lui dire que tous ces médecins n'y comprennent rien, qu'elle n'aura pas besoin de se faire opérer, qu'avec lui, adviendra le miracle, qu'elle marchera quoi qu'il arrive. Mais il se contente de sourire largement et de former sans le faire sonner le mot bravo entre ses lèvres. Il compte sur ses doigts le nombre de secondes qu'elle reste debout, parvient jusqu'à huit. Ensuite elle tombe. Alors il bat des mains silencieusement, sans que ses paumes se touchent. Elle éclate de rire puis s'appuie de nouveau sur son avant-bras, remonte sur ses jambes, tient cette fois jusqu'à neuf. Il se passera de tous ces médecins qui étourdissent sa mère, éclipsera leurs diagnostics et leurs étapes de soins. Elle recommence plusieurs fois mais ne dépasse jamais neuf malgré son aide, ses décomptes de plus en plus rapides, sa main qui vient discrètement soutenir son aisselle. Si elle tient jusqu'à dix, parie-t-il, alors elle marchera. Tout se tient dans l'intervalle entre l'annulaire et le petit doigt de sa seconde main qu'il brandit plus nerveusement que la première. Les soins qu'a décrits le médecin à sa mère, les longues semaines, les mois, les poids, tout vient se loger exactement là, dans deux petits centimètres d'air et de peau. Allez, dit-il tout bas, relève-toi une dernière fois, quand, depuis le salon, leur parviennent de nouveau les syllabes de l'injure. Si, en deçà d'une certaine durée, on ne peut distinguer un son de l'écho de ce son, il lui semble hélas improbable que cette injure qu'il entend pour la deuxième fois ne soit que l'écho de la première. À la petite aussi qui ne se relève pas.

Je viens seulement de finir la blanche qu'elle m'en commande déjà une noire, dit Maria quand il dépose le coupon de satin sur la table. Cora, Gilda, on s'y perd, mais si c'est pour une victoire, je ne peux pas refuser. Il voit bien dans ses yeux comme cette victoire est indéfinie, lointaine, presque irréelle. De toute façon, ajoute-t-elle, elle trouve toujours une bonne raison de s'offrir une nouvelle robe, ta maman, une guerre, une manifestation, une visite à l'hôpital. Sauf que là, victoire ou pas, je me demande ce qu'elle pourra bien en faire, où peut-on mettre une robe pareille ? Je ne me plains pas, mais je me dis quelquefois que c'est sa maladie, qu'on a toutes nos maladies.

Maria ne parlerait jamais ainsi en présence de sa mère. Il voudrait repartir aussitôt mais Pepito se poste dans l'encadrement de la porte. Alors ? Alors quoi ? répond-il distraitement en laissant son regard tomber sur la page d'un de ses magazines, la photo d'une robe blanche, avec une poche unique et centrale, une robe de cyclope, pense-t-il. Voilà, ça, c'est la blanche, la Cora, dit Maria, une histoire de serveuse, paraît-il. Comment peut-on vouloir s'habiller comme une serveuse ? Enfin, ce n'est pas une vraie serveuse et de toute façon, ce ne sont pas de vraies femmes toutes ces actrices, il suffit de les regarder, leurs yeux, leurs mains. Elle m'a même dit une fois qu'il y en avait une, une très connue, comment déjà ? son nom m'échappe, qui, quand on lui demandait de pleurer, répondait, d'accord, mais de quel œil ? C'est une machine, un robot qui dit ça, pas une femme. C'est Joan Crawford, répond-il, parce qu'il a entendu cette histoire plusieurs fois, selon l'interlocuteur, tantôt citée en français, tantôt en anglais, which eye ?, avec le même ravissement dans la voix de sa mère, une coulée de miel, une cascade, l'impression de partager l'incroyable talent rien qu'en l'évoquant, d'en profiter même. Maria acquiesce, interdite. Oui, je crois, dit-elle d'une voix sèche. Joan Crawford est une grande actrice, ajoute-t-il, alors qu'il n'a vu aucun de ses films.

Alors cette manifestation ? répète Pepito qui s'approche maintenant de la table, je ne t'ai pas vu à la télévision. Il y avait tellement de monde, répond-il, des adultes, rien que des hommes à part moi. À part toi, reprend Pepito qui, sans le quitter des yeux, pose une main sur le coupon de satin, commence à le caresser. Il se rappelle la première fois qu'ils se sont parlé, en bas de l'immeuble. C'était un jour d'été, ils devaient avoir huit ans. Pepito s'était jeté sur les marches du porche, à bout de souffle et en sueur. Il avait enlevé l'une de ses chaussures et se massait le dessus du pied, les doigts de ses mains s'insérant entre ses orteils. Cette caresse l'avait gêné, sans savoir s'il la trouvait trop sensuelle ou seulement répugnante à cause de la saleté, de la transpiration, alors, dans le doute, il s'était hâté de lui proposer d'aller au parc pour qu'il se rechausse au plus vite. Vous savez pourquoi le satin est si lisse ? demande brusquement Pepito, en approchant cette fois tout doucement le coupon de son visage. Sa voix porte comme celle d'un aveugle, ses prunelles brunes fixées, aimantées par la sensation qui vient, indécidable, tandis qu'il est sur le point de coller sa joue contre le satin, celle d'une chaleur ou d'une fraîcheur intense. Moi, je le sais depuis cet après-midi, poursuit-il alors que personne ne réclame les explications qui pourraient soudain redonner de la valeur à cette journée qu'il a passée seul et enfermé tandis qu'ils étaient tous affairés au-dehors. Jamais il n'a été si suave, si coulant, un vrai serpent, si différent quand elle n'est pas là pour le confondre d'un seul coup d'œil avec une danseuse de dessin animé.

Maria se redresse et lui retire le satin des mains. Ça suffit, tu vas l'abîmer ! Mais Pepito reprend aussitôt le tissu en expliquant que le satin est l'une des trois armures de tissage, avec la serge et la toile. Ce sont des ingénieurs et des techniciens qui conçoivent les tissages, des hommes, des savants. Sous les mains des femmes qui cousent et qui s'habillent, il y a des calculs mathématiques très compliqués. Il ne sait pas s'il dit ce qu'il dit pour moucher l'agacement de sa mère ou si, au contraire, il veut doubler ses heures de travail manuel de profondeur intellectuelle, sa servilité de savoir. Les tissus ont des armures, des duites, des trames, enchaîne-t-il en articulant chaque syllabe. Celle du satin n'est pas apparente, c'est ce qui le rend si lisse. C'est un mathématicien qui a conçu le tissage du satin, à la fin du XIXᵉ siècle, un certain Édouard Lucas. Tu en sais des choses, dit-il avec ironie, puis, comme pour le faire taire : on va dans ta chambre ?

Dans le petit couloir, à tâtons de chat derrière lui, Pepito dit qu'il s'étonne de tous ces drapeaux étrangers pendant la manifestation. De quel pays êtes-vous en fait ? demande-t-il. Vous ressemblez à des Arabes. Nous sommes en guerre avec eux, rétorque-t-il. La France n'est pas en guerre, proteste Pepito, pourquoi dis-tu « nous » ? De quel pays êtes-vous ? Pourquoi Pepito est-il si perfide aujourd'hui ? Nous, reprend Pepito, on peut dire qu'on est portugais quand on nous le demande. Mais on ne vous le demande pas ! dit-il en claquant la porte de la chambre. Et pour ne pas le rebaptiser aussitôt Pepito Perfido, pour couper court à tout échange avec lui, il se jette sur le transistor et l'allume. *Nights in White Satin*, une nouvelle chanson venue d'Amérique, annonce le speaker, les nuits de satin blanc.

La tête dans les mains, à genoux au bord du lit, il ferme les yeux, écoute, tandis que Pepito, debout, contient sa rage et son envie parce qu'il n'en a pas fini avec ses questions, cette guerre. Je n'y comprends rien, moi, à ta chanson, proteste-t-il. Il précise vite que lui non plus mais que sa mère, elle, comprendra et la leur traduira. Pepito soupire, s'agenouille près de lui. En quelques secondes, ils se laissent porter par la mélodie, les chœurs, de vagues images de corps nus, de draps blancs dans la nuit.

À la fin de la chanson, il rouvre les yeux : une larme jaillit de l'œil droit de Pepito, roule lentement sur sa peau mate. Tu pleures ? Tu es une vraie fille, dit-il, Betty Boop ! Pepito en fait aussitôt rouler une deuxième sur l'autre joue. Tu battrais même Joan Crawford ! Bon, j'y vais, à demain.

Dans l'escalier, il gravit d'abord les premières marches deux à deux, puis ralentit. Une marche après l'autre, lentement, il fredonne la mélodie, le refrain, Nights in white satin never reaching the end, puis s'en répète le titre un si grand nombre de fois que tout se mélange, les nuits, les jours, le blanc, le noir.

Days in black satin, claironne-t-il en franchissant le seuil de chez lui, mais, absorbés par l'écran de la télévision, ses parents ne tournent même pas la tête vers lui. Un jour doublé de nuit noire, de la nuit dans le jour, comme cette guerre, comme le cinéma, comme si jamais le jour ne suffisait. Il file au fond du couloir, s'enferme dans sa chambre et note l'expression dans son cahier, en anglais et en français, jours de satin noir, sous ceux qu'il a notés avant de descendre chez Maria, embargo, hybris, les cherche dans son dictionnaire, ne les trouve pas. Puis de nouveau, la phrase : De quelle patrie sont-ils vraiment les patriotes ? Deux fois, trois fois, il pourrait la récrire cent fois d'affilée, hypnotisé, envoûté par les jambages, les hampes, du grand style. Et, quand il se couche, c'est au pied de la phrase qu'il se recroqueville, s'enroule, imagine le Général pester devant sa télévision.

De petits sons, des mots, des gestes agacés, des mouvements de tête erratiques puis soudain, une impulsion plus longue, ample, balancée, qui déroule la question : De quelle patrie sont-ils vraiment les patriotes ?

Grâce aux dimanches matin des Grünebaum-Ballin, il accède à son premier poste de gouvernement. Ce scrupule qui le lie à eux, depuis Mayer, Mandel, depuis Londres, ce fil usé entre ses doigts, brusquement, devant son poste, leurs cris, leurs drapeaux, il n'a qu'une envie, le lâcher, le couper sec, en finir une bonne fois pour toutes. Il se lève, fait les cent pas, regarde dehors pour se calmer. De quelle patrie sont-ils vraiment les patriotes ?

L'hiver, chaque fois qu'il arrive sur ses terres, devant les forêts de résineux, le mot patrie se lève, se gorge, se remplit de sève. Dans ces hautes futaies, il marche comme dans un grand corps, plus grand que le sien, pour oublier le sang de l'histoire, se démobiliser, retrouver le calme tranquille d'un homme qui marche sur ses terres. Les crêtes vert argenté pansent le paysage, comme les renflements nacrés au-dessus de ses blessures de guerre que son regard accroche chaque fois qu'il s'habille, se déshabille. Mais eux, de quelle patrie sont-ils vraiment les patriotes ? Sur quelle terre connaissent-ils l'élan du colza de mai, la splendeur du colza de mai qui fait claquer ses aplats jaunes à la sortie des virages, entre le vert des forêts ? Ici, en France ? Ou là-bas, dans les sables du désert où ils auraient dû s'enliser et où ils ne s'enlisent pas ? Ils ne le savent pas eux-mêmes.

Et soudain tant d'errance lui donne le vertige, des sueurs froides, si bien que sur les grandes surfaces jaunes, surgies des profondeurs du colza, d'autres visions adviennent, des bêtes noires, effrayantes, des colonnes de cafards, grouillantes. C'est une prolifération de vermine et de morale qui ne le laissera jamais tranquille et qu'il décèle jusque dans les peintures que Malraux est venu lui vendre pour orner le plafond de l'Opéra de Paris, sous prétexte de modernité. Il a dit oui sans mal et sans conviction. À présent, devant sa télévision, c'est à même sa peau qu'elles prolifèrent, sur les bourrelets de ses cicatrices, des chairs insensibles depuis longtemps. Elles réveilleraient un mort, se dit-il, ses chairs mortes de nouveau parcourues de nerfs, tendues, assaillies de démangeaisons providentielles.

Dans son rêve, les définitions introuvables du dictionnaire s'échappent hors de boîtes scellées tout le jour, se rendent enfin, sans qu'on les force, si bien qu'à son réveil, elles planent encore au-dessus de son cahier. Tandis qu'il essaie de noter le sens du mot hybris, sa perception se modifie, s'image, croise celle de grands oiseaux sauvages, inaccessibles, en route vers des contrées lointaines.

Ils ont gagné ! s'écrie son père quand il arrive au salon, encore en pyjama. On a gagné la guerre, cette fois, c'est fini ! dit-il en le soulevant dans les airs sans parvenir à faire tournoyer son corps trop grand et trop lourd, si bien qu'il le repose presque aussitôt par terre, sans le lâcher pour autant, son visage juste au-dessus du sien. Depuis ses joues mal rasées, des larmes roulent, coulent sur les siennes. Entre la surprise et le dégoût, il pince ses lèvres pour ne pas boire les larmes. Six jours ! Six jours seulement ! répète-t-il. Il se redresse, vacille vers la petite, la soulève, la fait voler sans difficulté puis la repose sur le tapis. Un, deux, trois, quatre, cinq, six ! compte-t-il encore ostensiblement. Les grands doigts affolent les yeux de sa sœur qui ne sait plus où regarder, vers son père ou vers sa mère qui essaie jupes et robes devant elle, tourne en tous sens comme sur une piste de danse, répète qu'elle ne sait pas quoi porter pour la grande manifestation. Quelle manifestation ? demande-t-il. Nous allons fêter la victoire cet après-midi, répond-elle, mais je n'ai rien à me mettre. Le four-reau n'est pas prêt, tu penses, tout est allé si vite.

Il propose de rester à la maison avec sa sœur mais son père refuse catégoriquement : la famille ira au grand complet, avec Pepito même. Soit.

Encore noué aux motifs de son rêve, il imagine sa mère dans une robe colza, tache de soleil dans la mêlée brune, drapeau plus flamboyant que tous les drapeaux de satin. Ne dit-elle pas parfois qu'au fond, sa vraie patrie à elle, c'est le cinéma. Tu aimes le jaune colza ? demande-t-il. Colza ? s'étonne-t-elle. Oui, tu devrais te faire faire une robe jaune colza. Colza, colza… Cora ! Mais où avais-je la tête ? Ma robe Cora doit être prête ! Heureusement que tu es là, comment ai-je pu l'oublier ? Mais si la noire avait été prête, tu n'aurais jamais pu la mettre ? demande-t-il, légèrement effrayé. Bien sûr que non, c'est une robe du soir. Il faudrait une grande réception, un château, un piano, un bal. Mais il n'y en aura pas, poursuit-il. Qui sait ? Un jour peut-être, lance-t-elle en filant chez Maria.

Maria laisse Pepito venir dans l'espoir de finir le fourreau noir dans la journée, sans essayage et d'une seule traite. À l'œil nu, s'est-elle vantée en usant d'une expression inadéquate mais à laquelle il ne trouve pas de meilleure formulation pour qualifier cette connaissance intime du corps de sa mère, cette visualisation immédiate et pénétrante qui le gêne, parce qu'elle correspond à la familiarité d'une mère avec sa fille et que Maria n'est pas la mère de sa mère. Je vous connais dans les moindres détails, ajoute-t-elle. Bien sûr, Maria, bien sûr, comme Irene connaissait Doris Day, et Edith Head, Barbara Stanwyck. À un point, vous n'imaginez même pas. Quand elle est venue à Paris avec Bob Taylor en 1946, Barbara Stanwyck a même refusé d'acheter la moindre robe chez les grands couturiers parce qu'ils ne connaissaient pas sa silhouette aussi bien qu'Edith Head, disait-elle. Et de jubiler sur le pas de la porte, dans sa robe blanche, se prenant plus que jamais pour une vedette, en plein triomphe qui plus est. Vous êtes ma costumière, Maria Silva, ajoute-t-elle, ma costumière exclusive. Et Maria d'acquiescer dans le doute parce qu'au fond, elle ne saisit pas bien la différence entre une couturière et une costumière et, du même coup, entre un personnage et une personne. Je dirais même que vous êtes ma confidente, enfin, murmure-t-elle en posant ses doigts à la verticale de ses lèvres pour que les deux garçons postés sur le palier derrière elle n'entendent pas, au moins la confidente de mon corps, le mur de sa main leur rappelant toutes les heures auxquelles ils ne participent jamais, quand elle est presque entièrement nue de l'autre côté du mur, dans le salon, devant la table où, un moment plus tard, Pepito viendra s'asseoir et dîner, respirer entre ses bouchées des effluves de musc blanc et de sueur. Étudiez bien toutes les photos de Gilda, lance-t-elle plus fort comme s'il était moins impudique de convoiter une robe de strip-teaseuse. À ces mots, Pepito dit qu'il a oublié quelque chose et revient avec un appareil photo autour du cou, l'un des rares objets laissés par son père, lui a-t-il confié récemment. La grosse valise n'était plus là mais il y avait cette petite boîte noire à la place, déposée à l'entrée de sa chambre. Un simple oubli, précise Maria, mais il lui oppose aussitôt, en appuyant bien dessus, un mot court et compact, un legs, auquel il ajouterait bien une ou deux syllabes pour qu'il en impose davantage, mais, à défaut, il le répète en hochant la tête, un legs, c'est un legs.

Malgré l'ampleur du cortège et la liesse avec laquelle les drapeaux s'agitent au-dessus des têtes, malgré le soin qu'il met à manœuvrer la poussette de sa sœur dans la foule, il n'a d'yeux que pour le regard de Pepito qui ne quitte jamais plus de quelques minutes le décolleté serrure ou la poche centrale de la robe Cora, comme si les surpiqûres tout autour étaient des messages secrets à décrypter. Il paraît si captivé qu'il ne songe même pas à utiliser l'appareil photo. Puis les doigts de sa mère viennent se glisser dans les boucles de Pepito qui ne se raidit pas, ne s'écarte pas, la laisse faire. Pepito Perfido, marmonne-t-il indistinctement, avant de s'arrêter tout net, de lâcher la poussette en prétendant qu'il est fatigué. Et comme Pepito s'apprête à prendre le relais, il le bouscule sur le côté et force sa mère à empoigner seule la grande barre métallique, à occuper autrement ses mains.

Elle s'avance, les dépasse et, tandis qu'ils se retrouvent derrière, aux côtés de son père, celui-ci propose aussitôt à Pepito de brandir le drapeau. Pris de vitesse, il lance à Pepito, tu ne fais pas de photos ? Pepito se contente de hausser les épaules.

Nous avons eu si peur, croit-il entendre son père lui confier malgré les clameurs, tu sais qu'ils voulaient tous nous jeter à la mer. Et Pepito d'agiter le drapeau avec aisance, contre toute attente, lui qui, d'habitude, n'a aucune force dans les bras, sans demander qui ni pourquoi ni comment, ébahi de recevoir plus de paroles et d'explications que lui, d'être pris soudain pour le fils de ce père. Ses yeux chocolat sont plus brillants que jamais. À quoi te sert ton appareil photo ? lui lance-t-il encore, puis, sans réfléchir, accélère le pas, parvient à la hauteur de sa mère et lui reprend la poussette. Mais... fait-elle mollement, trop contente d'avancer sans plus rien qui la freine, cache le devant de sa robe.

Face à lui, la petite s'est endormie. Si seulement la télévision pouvait filmer cette peau si claire dans cette foule si brune, mettre sous les yeux du Général un semblant de blondeur qui apaise sa colère, cette enfant si blanche, si française en apparence. Prends des photos ! s'écrie-t-il en se retournant vers Pepito qui, accroché à la hampe, le regarde d'un air impuissant et ravi. De quelle patrie sont-ils vraiment les patriotes ? La question claque comme un fouet, le projette sur le côté. En une seconde, il sort de l'axe et se met à courir à toutes jambes.

Il court longtemps, la barre métallique de la poussette soudain légère entre ses doigts, presque immatérielle, le sommeil de sa sœur tel un charme qui le mène, lui fait fendre la foule, les trottoirs bondés, et atteindre, au fond d'une petite rue déserte, un renfoncement dans lequel il s'écroule enfin, hors d'haleine. Les clameurs se tressent aux hoquets de son souffle qu'il amplifie, force, pour ne pas entendre les cris des manifestants.

Quelques minutes plus tard, les yeux de sa sœur s'entrouvrent mais, retenus dans le sommeil, lourds à l'arrière du jour et du monde, ils ne tracent qu'une ligne blanche et vacillante, une fente sur un abîme obscur, illisible. Il attend. Comme devant l'arbre du parc lorsqu'il abandonne les jeux, se plante là, seul et à bout de souffle. Quand la nuit tombe, quand le parc se vide, il vient s'asseoir et il parle au hêtre pourpre. Deux fois centenaire, expliquent les jardiniers. Quand il leur demande s'il mourra, ils répondent qu'il était là avant eux et qu'il sera là après eux. Il n'ose demander s'ils l'incluent dans ce « eux » mais cette réponse l'enchante, comme si le temps devenait une ligne continue, sans suture ni fracture, comme s'il était possible d'être né quelque part, d'y vivre et d'y mourir. Plusieurs fois, Pepito l'y a surpris. Plusieurs fois, il a cessé de parler en le voyant s'agenouiller près de lui. À qui tu parles ? À l'arbre. Et qu'est-ce que tu lui dis ? Rien. Son père n'a qu'à lui raconter ce qu'il veut, adopter même ce petit Portugais à qui personne ne demandera jamais pourquoi il brandit un autre drapeau. Sa mère peut bien caresser ses cheveux soyeux autant qu'elle le désire, il préfère ne pas voir se déverser ce flot de paroles et de gestes que lui n'obtient jamais ; s'en tenir à leurs bribes, à leurs récits tronqués, qu'il manipule loin d'eux comme des jouets énigmatiques, les pièces d'un puzzle rétif, au pied de l'arbre ou là, devant sa sœur endormie. Dès qu'elle marchera, il l'emmènera dans le parc. Ils avanceront main dans la main jusqu'au hêtre rouge. Il la regardera lever la tête, les yeux, contempler l'arbre géant, comme le personnage d'un conte ou d'une cérémonie, demander si c'est un ogre ou un dieu. Et il répondra, ni l'un ni l'autre, il dira, c'est la France.

Elle pleure. Elle est en nage, ses cheveux blonds collés sur son front paraissent presque bruns. Il frotte, sèche la sueur, cherche la blondeur, l'extrait de sa poussette. Dans ses bras, elle se débat. Contrairement à l'autre jour, les femmes et les enfants sont tous venus aujourd'hui mais il doit être le seul garçon de son âge flanqué d'un bébé en pleurs à qui il ne peut donner ni biberon ni tétine parce que tout est resté dans le sac de sa mère, rien que sa transpiration aigre parce qu'il déteste cette journée et tout ce qui va avec. Il pense à Maria, chez elle, aux prises avec les mètres de tissu, ensevelie dans sa journée de satin noir, tandis qu'ils sont là, dehors, près des Champs-Élysées, sous un soleil ardent ; à ses doigts épais qui triturent l'étoffe, s'y noient comme dans une flaque de pétrole, ressortent, forment des volumes, des pinces sur la poitrine, à la taille, sur les hanches, à tous les endroits où ils articulent la longue carapace molle de la bête noire. Comme si tous les êtres humains avaient des bêtes noires à maudire, jour après jour, pour ne pas mollir, ne pas faiblir, inlassablement substituer la colère au désespoir.

La petite n'en finit pas de pleurer, d'ignorer tout ce qu'il peut lui dire pour la calmer, de sangloter de plus belle quand il sautille sur place pour la bercer. Puis soudain ses yeux s'arrondissent, se figent, fixent quelque chose derrière lui. Il se retourne : c'est Pepito, essoufflé, qui lance « Les voilà ! », sa mère qui accourt, se jette sur la petite. Elle s'arrête de pleurer contre la robe blanche mais pour ne pas risquer de la mouiller ou de la froisser, sa mère se dépêche de la reposer dans la poussette. On a eu si peur, dit-elle, pourquoi as-tu disparu comme ça, sans prévenir ? Elle avait trop chaud, elle manquait d'air là-bas, dit-il en évitant de croiser le regard de Pepito. Pepito a du flair, précise-t-elle, il savait que vous seriez par ici. C'est drôle quand même cette journée, je porte la robe de Lana Turner et, comme elle dans *Imitation of Life*, je perds ma petite fille dans la foule. Elle a un turban dans cette scène, j'aurais pu en mettre un, je n'y pense jamais, je me demande si c'est un écho à celui qu'elle porte au début du *Facteur*. C'est son premier et son dernier grand film pour moi. Et vous savez comment elle retrouve sa fille sur la plage de Coney Island ? Eh bien, grâce à un beau photographe beaucoup plus jeune qu'elle, Lana est déjà vieille dans ce film, un photographe si jeune que sa fille tombera amoureuse de lui. Si ça se trouve, la mienne aussi de toi, Pepito !

Sous le soleil de juin, son aigreur vire à la nausée. Il refoule un haut-le-cœur, s'écarte, puis avise la main de sa mère qui s'enfonce dans la poche de sa robe et en ressort le petit morceau de tissu vert céladon que la petite a pris l'habitude de humer avidement. Quelques mois après la naissance de sa sœur, il la surprend qui, assise sur son lit, découpe consciencieusement le coupon vert en lamelles plus ou moins longues et, tandis qu'elle se félicite ouvertement d'avoir enfin trouvé une utilité à cet horrible tissu, il se raidit comme devant les lambeaux d'un corps. Ni Pepito ni lui ne l'avaient aperçu à travers le crêpe blanc ; sans doute Maria avait-elle insisté et obtenu un tissu plus opaque que celui qu'elle aurait souhaité. Allez, ton père nous attend, dit-elle en empoignant la poussette. Un instant, il savoure ce « ton » qui ne s'adresse qu'à lui, mais, comme pour le contrer, Pepito se dépêche d'ajouter : les soldats arabes battent en retraite. Comment le sais-tu ? La dernière fois, tu ne savais même pas qu'on se battait contre eux ! Ton père m'a tout expliqué. Et qu'est-ce qu'il t'a dit d'autre, mon père ? Que le gouvernement mentait aux troupes pour qu'elles gardent l'espoir d'une victoire et ne s'enlisent pas dans les sables du désert. Jamais le Général ne ferait une chose pareille, réplique-t-il sèchement.

Le regard qu'il jette à Pepito tranche tous les fils qui les reliaient encore, sauf un. Pepito Perfido. Jusqu'à la fin de la manifestation, il ne lui parle, ne marche à ses côtés qu'au son de cette formule, ce lacet de haine sifflant autour de ses paroles et de ses gestes, menaçant de ne même plus les tenir ensemble par politesse ou amitié, de les lâcher pour qu'ils se déversent en une pluie acide et drue.

Dans le train, il colle son nez à la fenêtre, le décollant parfois pour apercevoir la main de Pepito à qui son père a demandé de tenir le drapeau à sa place pendant le trajet au cas où il s'assoupirait, épuisé par cette journée, toutes ces émotions, sans même prendre la peine cette fois de l'envelopper dans du papier kraft, laissant le satin blanc s'enrouler, à nu autour de la hampe, et se dérouler au gré des mouvements brusques de la main de Pepito ou du train. Et tandis que défilent sous ses yeux la Seine, les immeubles, les pavillons, tandis que ses parents, sa sœur, se sont endormis, il retrouve son calme. Alors la phrase revient tourner dans son esprit, se former entre ses lèvres, souffler sur la vitre un peu de buée. De quelle patrie sommes-nous vraiment les patriotes ?

Ton père me l'a expliqué tout à l'heure, répond fièrement Pepito. Du tac au tac, il rétorque : Et toi, de quel père es-tu vraiment le fils ?

La main de Pepito lâche brusquement le drapeau qui se déverse entre les sièges, sous les yeux des autres passagers. Sans croiser leurs regards, il se baisse et replie calmement le satin blanc autour de la hampe. Pepito, lui, ne bouge pas. Chaque fois qu'il cherche à savoir pourquoi son père est parti, Pepito reste sans voix. Les seules réponses dont il est capable concernent une valise, rangée depuis des années au-dessus de leurs têtes sur une étagère du couloir puis disparue, elle était là, elle n'était plus là, massive, tapie, effrayante même pour ses yeux qui ne l'ont jamais vue, si bien qu'il demande si la valise était déjà pleine, si le père l'a remplie en partant ou s'il l'a emportée vide, son seul intérêt ne relevant pas de sa fonction mais de sa présence, de sa capacité à être là puis à ne plus y être. Mais jamais Pepito ne répond à ses questions. Chaque fois qu'il arrive chez eux, il ne peut s'empêcher de lever la tête et de se concentrer sur cette étagère vide dans le couloir, cette disparition, regrettant de ne rien en capter, rien, pas même un frisson, et, quand il demande à sa mère pourquoi le père de Pepito est parti, est-ce qu'on sait pourquoi les gens partent ? répond-elle, ou pourquoi ils ne partent pas. Sa réponse n'éclaire en rien ce tunnel où se terre la vie des adultes, comme s'il n'y avait rien à y percevoir que des doutes, des murmures incompréhensibles. Et des places vacantes. Des absences tapies dans l'obscurité vers lesquelles, telles des plantes au soleil, irrésistiblement se tourne la tête des enfants.

Quand ils arrivent au salon, la nuque de Maria est rabattue vers l'avant. Son visage, entièrement de face, est enfoui dans les replis de satin noir. Ils crient. À sa gauche, près de la machine, un magazine est ouvert sur les photos de Gilda en train de se trémousser dans son fourreau. Tandis que sa mère lâche la petite et se précipite sur le téléphone, Pepito retire son appareil photo puis empoigne Maria par les épaules. Il relève doucement sa tête au-dessus du satin tout piqué d'épingles qui scintillent. Il l'aide, craint de découvrir un visage ensanglanté, des yeux crevés par les épingles, mais non, la peau est intacte. Il retient la tête de Maria en arrière, place un coussin entre sa nuque et le dos de la chaise mais le coussin ne tient pas, tombe plusieurs fois. Il a l'impression d'une scène de cirque burlesque, où leur numéro consisterait à vouloir asseoir le corps lourd et désarticulé d'un cadavre qui retomberait chaque fois sous les rires. Il s'en veut d'avoir de telles pensées. Devant les yeux de Maria qui restent fermés, les larmes roulent sur les joues de Pepito, s'absorbent dans le tissu beige de la robe, la parsèment de petites taches brunes. Elle respire, le rassure-t-il.

Quand les secours annoncent qu'ils doivent emmener Maria à l'hôpital, sa mère lui demande d'aller remettre la petite à son père puis s'approche de Pepito. Dans l'escalier, il serre sa sœur contre lui et songe qu'au même instant, les bras de sa mère se resserrent autour de Pepito. Arrivé là-haut, il jette la petite sur le tapis, explique la situation à son père et repart immédiatement. En dévalant les deux étages, il entend sa sœur qui pleure, hurle, déforme les syllabes de son prénom. Il ne pense plus ni à la guerre ni aux drapeaux ni au Général, juste à s'engouffrer dans l'ambulance avec eux, ne pas s'entendre dire qu'il n'y a plus de place ni qu'il ferait mieux de rester à la maison.

Assis dans le couloir, de part et d'autre de sa mère, ils attendent. Au moindre bruit de pas, à la moindre silhouette qui s'avance, elle se lève, puis se rassoit, sans cesser de répéter, ça va aller, ce n'est rien, je suis sûre que ce n'est rien. Les femmes ont des malaises parfois. Quand nous étions sur le bateau, elle dit cela comme elle dirait, quand nous étions dans le train ou dans l'autobus, et Pepito ne se doute pas que ce bateau coupe sa vie en deux, moi aussi, j'ai eu un malaise, je me suis évanouie, comme ça, d'un seul coup. Mais il y avait des médecins, par chance, il y avait même mon médecin. J'aurais voulu que ce soit lui qui te mette au monde mais il est parti en Italie... Enfin, tu portes son prénom. Il s'est occupé de moi, je me suis reposée et tout est rentré dans l'ordre. Ce n'est ni le lieu ni le moment, mais il voudrait savoir où elle s'évanouit exactement sur le bateau, qui la retient quand elle tombe, où se pose son ventre et de quel volume est ce ventre dans lequel il est, s'il reçoit un choc, s'il heurte un sol, un mur, un siège, s'il y a du soleil, du vent, de la houle, si c'est le visage de son père ou du médecin qu'elle découvre quand elle revient à elle, quelles mains s'avancent vers lui. Il voudrait savoir mais il garde ses questions pour plus tard, pour ces moments dont il lui semble conjointement se rapprocher et se détourner, ces minutes calmes et graves où s'entrouvrent les boîtes scellées, les valises dans la pénombre, les malles profondes de l'histoire.

Puis leurs nuques s'inclinent, raides comme celle de Maria au-dessus du satin noir, des capuches sur les patères comme dans les couloirs de l'école primaire, pense-t-il, au-dessus des étiquettes cousues dans les manteaux, avec le nom de chacun, et le sien qui jure au milieu des autres sur l'épaisse toile blanche. Parce qu'il porte un prénom désuet et un nom difficile à prononcer, sujet à toutes les déformations : est-ce qu'on prononce le *s* ? Est-ce qu'il y a un tréma sur le *i* ? Dites-moi si j'écorche votre nom, annoncent les professeurs en début d'année qui ne se contentent pas d'écorcher son nom mais toute sa peau devant toute la classe sans qu'il ait jamais le courage de rectifier pour ne pas attirer plus d'attention sur lui ou sur ce nom, ne pas risquer de s'entendre dire par les autres qu'il a un prénom d'oncle ou de grand-père, un prénom de vieux. Soleil cou coupé, se dit-il en se souvenant d'un poème appris l'an passé. « Adieu Adieu Soleil cou coupé ».

Un médecin s'approche. Elle bondit. Pepito aussi bondit mais ça ne sert à rien car le médecin est très grand. L'échange se passe bien au-dessus de lui, dans les hauteurs. Jamais à aucun moment le médecin ne se penche vers lui, sans doute parce qu'il est subjugué par le charme de cette femme mais aussi parce qu'il est sûr que ce sont tous les deux ses enfants et qu'il n'a aucune raison de s'adresser à l'un plutôt qu'à l'autre.

Elle écoute et interroge, ne baisse jamais les yeux devant cet homme immense et sûr de lui, parce qu'elle porte la même robe que Lana Turner dans *Le facteur sonne toujours deux fois* et que, face à cette blouse de médecin en toile brute et défraîchie, cette robe blanche aux surpiqûres si raffinées a quelque chose d'ironique et de souverain.

Il déteste l'idée que le médecin puisse penser que Pepito aussi est son fils, tire sur le bas de la robe, comme un enfant capricieux qu'il n'est jamais mais il doit signifier et sa présence et sa familiarité, qu'il n'aille surtout pas croire que Pepito ou lui, c'est la même chose. Absorbée par cet échange, elle ne se rend compte de rien et continue à se lover dans ce nuage de paroles dont il ne discerne que le mot cœur, qui revient, passe d'une bouche à l'autre. Se juxtaposent alors sous ses yeux le cœur blessé de Maria, morceau de viande brune et sèche rétracté au fond d'une poêle, se vidant de sa dernière goutte de sang pour cuire et durcir de tous côtés, et, à l'opposé, la fleur vivante et violacée qui grandit, palpite là-haut, entre leurs mots, agite ses pétales, sous leurs souffles, leurs lèvres humides. Mais voilà qu'elle se penche vers Pepito et dit : Ta maman doit se reposer mais nous ne devons pas nous inquiéter, n'est-ce pas, docteur ?

Pepito hésite entre la gratitude et la rage. Il sourit mais il doit lui en vouloir d'avoir ainsi levé la confusion, le désignant sans équivoque comme le fils de l'autre, alors qu'il voudrait tant passer pour le sien, non pas le fils de celle qui a fait la robe mais de celle qui la porte, resplendissante, impériale, et qui, tandis que le nuage de sa conversation se dissipe un peu, glisse sa main dans l'unique poche surpiquée pour en sortir non plus un morceau de tissu vert céladon mais un tube de rouge à lèvres. Leurs yeux à la hauteur de sa main, Pepito et lui se regardent comme si elle en avait extrait une colombe ou un lapin mais sa main tremble et lâche le tube qui s'en va rouler par terre, loin d'eux. Sans hésiter, le médecin se précipite sur le petit cylindre doré qui vient buter contre la plinthe du couloir. C'est incroyable, c'est exactement comme dans le film ! s'exclame-t-elle, la première fois que Cora paraît. De nouveau, il tire sur sa robe ; de nouveau, elle ne se rend compte de rien. Puis le médecin se relève, lui rend le tube et dit, une scène d'une beauté à couper le souffle, madame. Elle rougit et il comprend, dans la seconde, que ses visions contiennent des messages. Il voudrait se cacher sous le siège, quitter ce couloir, éviter de voir tourner dans les yeux de Pepito le manège de sa mère et du médecin, ne pas imaginer que chaque fois qu'elle se rend à l'hôpital pour la jambe de la petite, elle aime retrouver ce dédale et cette odeur, qu'il entre de la jubilation dans son inquiétude, de la coquetterie dans des conversations qu'elle filtre à son retour et dont il ne reste rien que les étapes de soins, la date du nouveau rendez-vous, l'attente pénible.

Il s'écarte, marche au bout du couloir où d'autres manèges tournent, où d'autres mères parlent avec d'autres médecins, drapées dans le souci, affichant des mines innocentes, des airs au-dessus de tout soupçon pour des enfants qui n'attrapent que des bribes, des paroles opaques, des airs qui permettent ensuite aux mères reconnaissantes de tramer d'inavouables filiations, jusqu'à donner à leur enfant un prénom de vieillard.

Là-bas, avant leur départ, elle allait sûrement le voir sans chaperon, disposant d'une liberté totale pour lui parler, rire avec lui, se déshabiller devant lui, se faire examiner et appeler « madame » en même temps. Arrivée en France, elle lui donne ce prénom d'homme et, depuis treize ans, chaque fois qu'il doit l'énoncer en classe, au parc, devant les autres mères, comment t'appelles-tu, mon petit ?, il voit se former une tache aveugle, des syllabes impossibles à vocaliser, muettes. On dit son prénom et il y répond, mais il flotte au-dessus de lui, ne fait pas corps avec lui, l'éclipse, tel un vêtement prêté, trop grand, où il disparaît.

Au fond du couloir, Pepito le suit, cherche à croiser ses yeux froids, perplexes. Que lui arrivera-t-il si Maria mourait ? Qui s'occupera de lui ? Son père reviendra-t-il avec sa grosse valise ? Sera-t-elle pleine de ses affaires ou vide encore de celles de Pepito ? La reposera-t-il sur l'étagère ou l'emmènera-t-il ailleurs ? Changera-t-il de maison, de langue, de pays ? Il finit par s'adosser au mur et dire, allez, ne t'inquiète pas, ta maman va se remettre. Il dit « ta maman » comme il ne dirait jamais « ma maman », comme jamais Pepito ne le dirait non plus. À cette minute, il déploie le mot comme un parachute au-dessus de leurs têtes, un mot pour deux, un mot pour tous ceux qu'ils ne prononcent pas, pour conjurer l'éventualité où Maria ne se remettrait pas, où, en plus du mot, la personne aussi disparaîtrait de la vie de Pepito à qui il ne resterait plus que des mères d'adoption, des affections de substitution.

En quittant l'hôpital, elle annonce que Pepito dormira chez eux jusqu'au retour de Maria, dans sa chambre, tête-bêche. Et si j'avais un petit frère, demande Pepito, où dormirait-il ? Elle hésite, étonnée, puis répond : chez quelqu'un d'autre, je ne pourrais pas m'occuper de deux petits. Il n'y a que ma sœur qui puisse dormir dans mon lit, déclare-t-il sèchement. Pepito se force à sourire tandis qu'elle répète, tête-bêche, ce serait quand même plus pratique. Jamais ils n'ont été plus bavards et plus incohérents.

On laisse Pepito ranger ses vêtements au fond d'une petite valise noire comme s'il partait loin et longtemps. Devant ses gestes calmes, méthodiques, il se demande si le père de Pepito a fait les mêmes en préparant sa grande valise, si ses parents ont pu plier leurs affaires ou s'ils ont dû les jeter pêle-mêle, sans les trier ni réfléchir. Et vous, quand vous avez fait vos valises ? dit-il à sa mère. Elle ne comprend pas, arpente l'appartement, comme si elle cherchait Maria partout, s'assoit même à sa place devant la machine à coudre, caresse le coupon de satin noir. Et vous ? répète-t-il. Quoi, nous ? Quand vous avez dû faire vos valises, comment c'était ? Je ne sais pas, tout s'est passé très vite... Vous aviez combien de valises ? Tu as eu le temps de plier les affaires ? Mais je ne sais pas, dit-elle en feuilletant le *Photoplay* resté ouvert à sa gauche, tu poses de ces questions. Est-ce que tu as pu plier les habits ? insiste-t-il. Oui... non... je ne sais pas ! Ce que je sais, c'est que dans l'une de mes valises, il y avait mes *Photoplay*. Au milieu des vêtements ou à part ? demande-t-il. Quelle importance ? Et une photo de mon père, ajoute-t-elle, celle qui est au salon où il ressemble tant à Melvyn Douglas. Une photo qu'il n'aime pas regarder car à force de l'entendre dire, mon père, c'est comme s'il n'était pas mort, comme s'il vivait encore, il ne sait pas s'il regarde un vivant ou un mort. Qui est Melvyn Douglas ? Elle ne répond pas, soudain lointaine, comme égarée entre l'Orient et Hollywood, propulsée par un champ spectral et magnétique puissant qui la fait passer dans la plus grande indifférence au-dessus de la France. Elle était déjà encadrée dans la valise ? Tu l'as encadrée en arrivant ici ? Agacée, elle soupire, referme le magazine. Tu me fatigues avec toutes tes questions ! Elle se lève, annonce qu'il faut remonter.

Au salon, son regard se pose d'emblée sur la photo de ce grand-père resté là-bas, trop vieux et trop malade pour partir, dit-elle dans l'escalier, voyant peu à peu son monde se réduire aux dimensions de sa maison, son fauteuil, son lit, et quand il s'entend demander, vous vous êtes embrassés ? vous avez pleuré ? tu l'appelais papa ?, il sait désormais que, sous ses questions, il cherche une image, une scène précise ; ce moment où les familles se fracturent, se fendent, où les enfants partent vivre et grandir là où leurs parents ne sont jamais allés, n'iront jamais. Bien sûr qu'elle l'appelait papa, dit-elle. Il s'étonne. Et moi ? Et toi, quoi ? Il n'ose pas poursuivre. Ses mains dans le noir cherchent l'instant où se trouble définitivement la langue, ses doigts, l'endroit précis où commence la fissure, pour la suivre, en pincer les deux bords et tenter sans cesse, comme ceux d'une plaie, de les rapprocher.

Dans la chambre, allongé à quelques centimètres de lui sur le matelas d'appoint, Pepito murmure :

Ton père m'a dit qu'avec cette guerre, il avait eu peur... « Ton père m'a dit » claque dans la nuit, l'empêche d'entendre la fin de la phrase, parce qu'à lui, précisément, ce père n'a rien dit. Toutes les tentatives qu'il fait depuis des années pour attribuer une forme, une allure à leur exil, des gestes à leur stupeur, un contenu à leurs valises, ne donnent rien... d'une nouvelle destruction, d'une disparition, poursuit Pepito.

Il lui ordonne de se taire, éteint la lumière, s'enfonce dans le sommeil comme un poing serré.

Sa mère avance, fend la foule. Les pans de sa robe blanche tremblent dans le vent et le soleil. Sans poche ni surpiqûres, c'est davantage un morceau de tissu blanc presque phosphorescent moulé sur son corps de statue. Pepito lève vers elle des yeux subjugués, et quand il les baisse, il retrouve les épaules, la nuque, le visage de Maria, englués dans les masses de satin noir. Peu à peu, son rêve se remplit confusément, se peuple de nouvelles silhouettes inconnues et familières.

Sa mère monte à la proue d'un bateau. Sa robe blanche se découpe à présent dans le ciel bleu. Dans son jardin, devant les cordes où sèche le linge de la famille, le Général s'ennuie. Après avoir libéré la France, il attend que son tour revienne. Pour passer le temps, il dévore tous les articles de journaux qui relatent la création d'un nouveau pays, là-bas. La naissance d'une nation, tout de même. Très loin de son jardin et des champs de colza, un nouveau drapeau monte dans les airs. Il se demande s'il préfère la continuité de l'histoire et des territoires ou, au contraire, les ruptures, puisque ce sont les ruptures qui font les grands hommes. Ce grand homme lui arriverait tout juste à l'épaule. En même temps que le drapeau, monte une mélodie. Pepito demande si c'est la chanson des nuits de satin blanc mais quelqu'un, peut-être son père, lui dit non, c'est un hymne. Tandis que le Général regarde voleter les draps et les serviettes sur les cordes à linge, son bras immense se lève le long de la hampe, cherche à toucher le drapeau. Sur le satin, ses doigts hésitent, triturent le tissu. Pepito prend une photo au moment même où ils tirent dessus, le déchirent.

Dès le lendemain matin, il modifie ses questions ; comme on vérifie l'alibi d'un suspect, il leur demande : Où étiez-vous en mai 1948 ? Le 14 mai 1948, à 16 heures ? Il n'obtient que des yeux ronds, des bribes de réponses floues, incertaines. Sa mère réfléchit, répète 1948, cite des titres de films, *B.F.'s Daughter, Key Largo, La Dame de Shanghai*, il faudra que je montre les autres robes de Rita à Maria, puis s'assombrit à l'idée qu'elle n'aura peut-être plus la force de coudre le moindre ourlet et que, de toute façon, il lui faut déjà finir le fourreau de Gilda, mais elle le finira, dit-elle en fixant Pepito. Si je ne porte pas la robe de Gilda, la guerre recommencera, ce ne sera pas une vraie victoire. Elle soupire, revient à la question et conclut que décidément non, 1948 n'aura pas été une grande année de cinéma, rien à voir avec 1946, l'année de leur mariage.

Le mois de mai était délicieux là-bas, on commençait surtout à passer toutes nos journées à la plage, à longer la corniche, à faire des vœux quand le soleil tombait dans la mer. Quels vœux ? demande-t-il. De ne jamais partir ? Mais non, pas du tout, qui aurait cru qu'on partirait ? Tiens, prends-la, dit-elle en lui confiant sa sœur.

Il la serre contre lui, répète plusieurs fois, c'était le cadet de leurs soucis, en soufflant dans ses cheveux, des boules à l'arrière de sa nuque de plus en plus épaisses, comme si toute l'énergie qui manque à ses jambes passait là désormais, dans la croissance de ses cheveux de moins en moins clairs, bientôt aussi bruns et drus que les siens. Si un jour il devait partir lui aussi, pourrait-elle le suivre, porter une valise, monter sur des bateaux ? Ou serait-il obligé de la laisser ici, vissée sur son tapis ? Chaque fois qu'il prononce le mot soucis, elle sourit, l'accueille comme s'il disait son prénom. Et quand elle sourit, il sourit aussi, à en oublier les pays et les drapeaux, éperdument, à se demander même pourquoi on leur accorde autant d'importance.

Dans la pénombre de la chambre surchauffée, tout a séché, les larmes, ses joues, sa chemise. Il reste avec ses neuf doigts en l'air, le petit doigt replié pour lui donner envie de recommencer à se lever, de tenir jusqu'à dix mais en vain. Clouée au sol, elle ne regarde même plus sa main. Un destin peut se gripper si près du but, à un petit doigt du but, un dernier centimètre, un demi-point, un doigt qui aurait tout changé.

Il voudrait la planter là, dans la chambre, et quitter l'appartement aussitôt, ne pas repasser par le salon, devant le poste. Il donnerait cher pour se retrouver immédiatement près du hêtre. En juin, quand Maria était à l'hôpital, il a proposé à Pepito de l'accompagner, mais comment parler à l'arbre lorsqu'on n'est plus seul ? Il lui a fallu trouver autre chose. Si bien qu'un soir, alors qu'il fait encore grand jour, il s'avance et, lui qui normalement ne s'enthousiasme jamais pour aucun effort sportif, il bascule sur les mains et monte ses jambes à la verticale. La première fois, il demande à Pepito de l'aider, de tenir ses jambes ensemble, puis, dès la deuxième, il décide de se passer de son aide, de trouver la force suffisante pour monter et tenir seul contre le tronc du hêtre.

Ses jambes cherchent les reliefs et les creux de l'écorce à travers le tissu de son pantalon ou sur la peau nue de ses mollets, finissent même par les reconnaître. Le tronc de l'arbre devient ce contre quoi il peut s'appuyer, la main dans le dos qui n'entrave pas, ne freine pas mais empêche de tomber, toujours là pour recevoir, soutenir, porter. Grâce à lui, jamais il ne tombe. Au fil de ses performances, il goûte le sentiment de s'élancer dans l'espace en confiance, sans redouter de s'effondrer, se met à faire des raccourcis grisants : il pourrait s'élancer contre n'importe quoi, un arbre ou un homme ; partir, se battre et triompher. Il voit bien dans les yeux de Pepito la frayeur, la stupeur, comprend qu'il fait désormais partie d'une élite, celle des acrobates et des danseurs. Le soir, quand il se couche, entre ses omoplates, ses courbatures taraudent ses chairs comme une poignée de verre brisé mais la sensation lui plaît ; il se réjouit de penser que ses bras et son dos sont en train de se muscler.

Il se sent un arbre près d'un autre arbre, puissant, enraciné. Ainsi, la tête en bas, il peut continuer à parler, même en présence de Pepito, à adresser au hêtre ses paroles secrètes, inaudibles pour le reste du monde, comme sorties d'une bouche invisible, située là où aucune autre bouche ne parle, où personne ne regarde, près du sol, de la terre, des animaux qui rampent, fourmillent, grouillent. À Pepito qui lui demande souvent ce qu'il a dit quand il se remet debout, il répond qu'il ne le saura que s'il bascule avec lui. Mais Pepito a peur. Il ne peut pas lancer ses jambes, explique que l'espace derrière lui devient un trou noir qui l'aspire, son corps celui d'une bête qui gesticule, pas celui d'un humain, quelque chose comme ça. Il s'impatiente, le presse chaque fois qu'il avise la silhouette du gardien qui s'approche pour leur annoncer que le parc va fermer. Alors Pepito n'arrive plus à respirer ni même à soulever les fesses. Il renonce, s'assoit dans l'herbe mais il insiste encore, tu ne peux pas ne pas connaître ça, allez, c'est ce qu'il y a de meilleur au monde. Il l'aide de nouveau, porte ses jambes jusqu'en haut, leur fait parcourir les cent quatre-vingts degrés fatidiques, entend la voix de Pepito qui supplie, mes bras vont plier, mes bras vont casser. Non, tes bras sont forts, même plus forts que les miens, dit-il avec une pointe de sarcasme. Tu sais porter les drapeaux alors pousse sur tes mains, baisse les épaules, rentre les coudes. Mais les bras de Pepito lâchent et ses jambes retombent d'un coup. Il s'écarte pour ne pas les recevoir en pleine face et comprend qu'on peut aider quelqu'un en priant pour que cette aide ne porte pas.

Bientôt, dit le gardien, on va poser un filet et vous ne pourrez plus être si près du tronc, mon gars. L'arbre est malade, explique-t-il encore, ses branches peuvent casser sans prévenir, ça devient dangereux. Il s'imagine assommé par une branche, transporté à l'hôpital, faire lui aussi l'objet de visites, de consultations, sa mère dans une nouvelle robe, postée devant un immense médecin qui ne ressemblerait plus à Robert Taylor cette fois mais à Gary Cooper ou à Joseph Cotten, qui alors parlerait de lui comme de l'enfant, mais qui, à son chevet, lui adresserait peut-être des « mon gars » débonnaires et bourrus comme ceux du gardien du parc. De ce jour, il décide de battre des records sur les mains, égrène son compte à rebours intime et conjuratoire, comme s'il pouvait rajouter des secondes à la vie de l'arbre qui meurt.

À la fin de juin, il atteint trente secondes.

Dès le lendemain de la victoire, ils se rendent au chevet de Maria. Sa mère dit qu'il n'y a jamais de bonheur parfait dans ce bas monde, qu'il y a toujours une ombre au tableau et que cette ombre, c'est la pâleur de Maria. Elle lui propose de rester à la maison avec la petite, tu n'es pas obligé de venir, mais il préfère ne pas la laisser seule dans le bus avec Pepito, dans les couloirs, ne pas imaginer ses doigts s'enfoncer dans les boucles souples et brillantes, les trouver trop longues et profiter de l'absence de Maria pour suggérer de l'emmener chez le coiffeur lui aussi, de les emmener tous les deux ensemble, Pepito et toi, ce serait une idée, dit-elle, l'œil vif, entrevoyant la perspective qu'on lui adjuge enfin un fils aux cheveux soyeux. Pepito répond qu'il n'y est jamais allé, que c'est sa mère qui lui coupe les cheveux normalement, je te tien-drai la main, dit-elle, je serai là. Ce n'est quand même pas si grave, s'interpose-t-il, pour qu'on doive lui tenir la main. Toi, tu as l'habitude, mais pour Pepito, ce sera la première fois. Debout dans le bus, elle ne baisse pas la voix pour raconter que, quand la MGM a demandé à Barbara Stanwyck de se couper les cheveux en 1948, Bob Taylor était là, à ses côtés. Il lui tenait la main devant les photographes, j'avais cette photo, dans l'un de mes magazines, mais je crois que c'est un de ceux que j'ai laissés là-bas, je la regardais tout le temps en me disant, ça, c'est un homme... Sa costumière lui avait suggéré de les couper bien avant 1948 mais Barbara n'avait pas voulu l'écouter alors la MGM l'a obligée. Il faut toujours écouter sa costumière. Moi, j'écoute toujours Maria, enfin, presque toujours. Et Pepito de sourire, d'écraser ses phalanges contre la barre en métal du bus, aussi blanches que des os, parce qu'au milieu de tout ce monde, voilà qu'elle le compare encore à une femme. Je préfère attendre le retour de ma mère, dit-il. Bien sûr, bien sûr, renchérit-elle.

Il se baisse, ramasse la petite et remonte le couloir avec elle, sans un mot, jusqu'au salon. Ils sont toujours assis aux mêmes places, son père dans le fauteuil devant, sa mère sur le canapé, sauf qu'à présent, elle tient une feuille et un stylo. Quand il se plante sur le tapis avec la petite dans les bras comme une boule de linge qu'il a peur de voir se défaire, couler devant eux, comme si la petite était toute la famille soudain, il la serre plus fort encore, et contre toute attente, son père se lève, sa mère aussi. À présent, ils sont tous les trois debout sur le tapis, comme s'ils avaient décidé de s'étreindre ou de commencer un jeu. Sa mère regarde les deux enfants sans sourire, dit que susciter est plus doux que provoquer, que le Général, heureusement, a rectifié. N'est-ce pas ? Il a bien dit, regarde, j'ai noté, « en dépit du flot tantôt montant tantôt descendant des malveillances qu'ils provoquaient, qu'ils suscitaient plus exactement ».

À partir de là, on n'entend plus le Général, on parle pendant qu'il parle sans que personne n'ordonne plus à personne de faire silence et d'écouter. Il devrait s'énerver, leur dire, taisez-vous, ça ne dure pas longtemps, une conférence, vous aurez tout le temps de la commenter, d'en éplucher chaque mot, de vous disputer dessus, mais non, c'est tout le contraire. S'il le pouvait, il jetterait sur le tapis de quoi faire gonfler leur brouhaha, l'épaissir, le matérialiser encore davantage, en faire une brume, un nuage.

Son père marche en cercles sur le tapis, arrache le papier des mains de sa mère, lit, « tantôt montant tantôt descendant... ». C'est tout lui, ça chante, c'est joli, ça s'imprime, avec ses mains qui bougent tout le temps, quel charmeur de serpents. Il a pris des cours auprès d'un acteur de la Comédie-Française, lance-t-il brusquement. Son père se fige, comment le sais-tu ? Je le sais. Il poursuit : au début, il portait de grosses lunettes devant les caméras et lisait son texte mais nous n'avions pas encore la télévision. Maintenant il apprend ses textes par cœur et ça change tout. Quand on suscite quelque chose, reprend son père comme s'il ne l'avait pas entendu donner tous ces détails, on est actif mais c'est par en dessous, en douce, ce n'est pas franc. Alors que provoquer quelque chose, c'est le causer franchement. Susciter, c'est plus, comment dire... Insidieux, suggère-t-il. Oui, voilà, plus insidieux, admet son père en croisant à peine son regard. Mais c'est moins fort, répète sa mère.

Jamais il ne les aurait crus capables de tels

débats lexicaux. Il eût même préféré qu'ils n'en soient pas capables, que les mots glissent sur eux, sans connotations ni nuances.

Sa sœur se tortille, regarde dans toutes les directions. Il devrait la déposer sur le tapis et filer chercher son dictionnaire, mais il se force à la garder dans ses bras. Sans doute pour lui éviter de voir toutes ces paires de jambes arpenter le tapis, cisailler l'air autour d'elle, le hacher à coups de foulées, ou, plus probablement, pour ne pas voir ses petites mains remuer devant elle comme des mandibules au-dessus de sa cuisse immobile et tordue, un insecte au pied du poste, comme tout à l'heure, avant la sieste, une petite vermine impotente. On peut penser cela même de ceux que l'on aime le plus, se dit-il, lâcher ce qu'on a tenu. Et soudain, c'est comme s'il la lâchait, qu'elle coulait le long de ses jambes, un morceau après l'autre, pour se défaire au sol, à ses pieds, tomber en pièces détachées.

Il est désormais certain que le Général a pesté au mois de juin devant son poste. C'est comme s'il y était. Est-ce à cet instant-là que lui est apparue la différence sur laquelle ils s'écharpent, entre les verbes provoquer et susciter, l'idée qu'on peut causer une chose par en dessous, de manière larvée ? Qu'il comprend que tous ces manifestants aux cheveux drus et bruns ne seront jamais de vrais patriotes et que, pour un pays, les drapeaux d'un autre pays brandis devant le palais présidentiel, c'est un poison, une vermine insidieuse et malfaisante ? Dans son salon, devant sa télévision, les pensées du Général restent-elles silencieuses ou en formule-t-il certaines à haute voix, à l'intention de sa femme, de ses conseillers, des bribes insérées entre des mots plus savants, hybris et embargo, plus dignes de son rang ? Ou fait-il comme son père, passe-t-il dans une langue étrangère pour cracher son venin, à l'écart des autres, en allemand par exemple, le Général parle si bien l'allemand, dit-il vermine en allemand ? Ceux qui sont là comprennent-ils, discutent-ils avec lui les différentes possibilités et nuances de sens ?

Des cours avec un acteur, quel acteur ? reprend son père sans attendre de réponse. Et pour nous dire quoi ? Pour nous dire ça ? Des deux, c'est à son père qu'il donne raison mais il préfère se taire, laisser sa mère répéter, heureusement qu'il a rectifié, « qu'ils suscitaient plus exactement », c'est important l'exactitude. Et de reprendre son bout de papier pour tirer deux traits noirs sous le verbe.

Voilà, pour nous, c'est fini la France ! lâche son père.

Ne dis pas de bêtises, dit sa mère.

Comment quitter un pays qu'on aime tant mais où on vous hait tant ? demande-t-il.

Et là, c'est comme si la télévision s'éteignait d'un seul coup. Ses deux parents se tournent vers lui et lui lancent un regard qui cherche à le pétrifier sur place.

Sans se troubler, il reprend : quand est-ce qu'on sait qu'on doit partir ? Vous savez, vous, puisque vous l'avez déjà fait.

II

Accroupie devant le meuble, elle feuillette ses magazines comme il ne la voit plus faire souvent depuis le mois de juin, à part ce midi, juste avant le déjeuner. Ils ont bien failli me les jeter tous à la mer, dit-elle. Il s'approche. J'ai dû discuter long-temps pour sauver ceux que j'ai sauvés, mais ils ne lâchaient rien, ils m'en ont fait retirer d'autres de la valise. Je revois le douanier avec mes numéros devant lui, après m'avoir dit que je ressemblais à l'actrice sur l'une des couvertures, il tapotait ses doigts sur la photo et ensuite il les pointait vers moi. C'était Hedy Lamarr. Il n'ose pas demander combien ? Combien lui en ont-ils fait retirer ? Il confisquait mes numéros alors qu'il ne mettait certainement jamais les pieds dans un cinéma, en tout cas pas dans les mêmes salles que nous, pas pour voir les films de Hollywood. Hollywood, c'était pour nous. Eux, ils voyaient d'autres films avec d'autres vedettes. Il n'avait certainement jamais entendu parler de Hedy Lamarr mais je dois dire que j'étais fière de lui ressembler. Même à ce moment-là. Surtout à ce moment-là. Il n'ose pas demander pourquoi sa voix se serre, pourquoi sous ses mots, il sent soudain un maillage plus tenu, un flux plus intense. Pris d'un léger vertige, il s'assoit.

La petite a rampé jusqu'aux pieds de sa mère. Elle s'agrippe à son mollet, son genou, puis, quand elle s'est hissée, cherche à pincer les pages du magazine. Bas les pattes, lui dit sa mère en continuant à le feuilleter, tu vas l'abîmer, ma chérie. Où est donc cette photo ? Où est cette photo à la fin ? Tiens, la voici ! Barbara Stanwyck avec les cheveux courts dans *B.F.'s Daughter*, 1948, et cette robe d'Irene... Elle dit Irene comme elle ne dit pas exactement Jean Louis ou Maria, avec des voyelles très longues, très ouvertes puis fermées, à l'américaine. Tu te souviens de ma robe Cora ? C'était aussi un modèle d'Irene, j'ai toujours eu un faible pour ses robes mais L. B. trouvait qu'elle confectionnait des vêtements trop coûteux. Tu sais qui est L. B., n'est-ce pas ? Oui, fait-il. L. B. aimait particulièrement critiquer les dépenses excessives de ses employés en les regardant manger de la soupe de poulet, la recette de sa mère, celle qu'on mangeait dans leur petit village de Russie, un plat de pauvres. Irene a fini par quitter la MGM et par se jeter depuis la fenêtre d'une chambre d'hôtel. On dit qu'elle ne s'est jamais remise de la mort de Gary Cooper mais on dit aussi qu'elle était folle de Doris Day. D'une femme ? demande-t-il. Oui, d'une femme. Là-bas, les femmes, les hommes...

Les mains de sa sœur essaient encore d'attraper le magazine. Sa mère cette fois tire dessus, s'énerve. Une page se déchire. Ah non, ça suffit maintenant, s'écrie-t-elle en la repoussant du coude. La petite tombe. Il ne bouge pas. Sa cuisse droite s'écrase sous son corps, se tord, et de là où il est, semble difforme sous son flanc. Quand sa mère la ramasse et dit, je vais la coucher, sa sœur l'implore encore du regard mais il ne bouge toujours pas. Soudain rien d'autre ne l'intéresse que le retour de sa mère, la robe d'Irene, les femmes et les hommes.

1948, c'est l'année où elles se coupent toutes les cheveux, regarde, même Rita Hayworth dans *La Dame de Shanghai*, dit-elle en pointant une photo du magazine. Elle se rassoit sur le canapé, près de lui, feuillette délicatement les pages. Je m'étais fait faire cette robe du soir, un modèle de 1948. Ce n'est pas une si mauvaise année finalement. La robe était en jersey de soie ivoire avec de fines étoiles brodées sur le buste, regarde, on les voit un peu. Son doigt suit chaque chose qu'elle décrit, les découpes à la taille et ensuite, jusqu'en bas, les plis très serrés, infiniment serrés. Ce n'étaient pas de simples étoiles mais des étoiles de mer avec des branches fines et courbes sur toute leur longueur, comme lorsqu'on les voit dans l'eau, et entièrement brodées à la main. Là-bas, on avait le temps et l'argent pour de pareilles merveilles, on pouvait passer des heures chez la couturière qui elle-même allait chez la brodeuse, le plisseur, exactement comme dans les années 1930 à Hollywood. Marlene Dietrich passait cent vingt heures à essayer les costumes de Travis Banton, cent vingt heures à ne pas bouger, à poser pour une robe, l'équivalent de cinq jours entiers. Un jour de moins que la guerre, dit-il. Pour une guerre, c'est court, mais pour une robe… Ces couturières avaient des doigts d'or. Comme Maria ? suggère-t-il en espérant qu'elle acquiesce. Oui, bien sûr, mais plus rapides, regarde le temps qu'elle met à finir mon fourreau noir, et Dieu sait si elle va le finir. Jamais L. B. n'aurait permis une chose pareille. Enfin, ce n'est pas de sa faute. D'ailleurs, j'ai promis de descendre la voir ce soir. Elle referme le magazine mais ne bouge pas.

Pour monter le grand escalier qui menait à la soirée, je devais soulever les pans de ma robe. Les plis étaient si serrés qu'ils roulaient sous mes doigts. Je revois encore ce plissé soleil, ou plutôt non, un plissé accordéon, qui avait nécessité des mètres et des mètres de tissu, le plus beau jersey de soie ensuite avalé dans les plis, invisible, mais là-bas, on pouvait tout se permettre, je m'en souviens encore, j'avais l'impression d'être une statue ou une colonne grecque. J'avançais droite et longue, tout le monde admirait ma robe, mes cheveux, mon allure, et pourtant… Elle n'achève pas, tourne légèrement le menton vers lui, lui sourit. J'avançais d'un pas de reine et pourtant… Tout le monde me regardait mais personne ne voyait que… Que quoi ? dit-il à la fin. Que… que… que je t'attendais. Il sursaute. Il n'a pas l'habitude de faire partie des scènes qu'elle raconte, ne comprend pas. Soudain l'attente n'a plus rien à voir avec le temps mais avec l'espace. Il s'imagine à son tour gravir le grand escalier tandis qu'elle l'attendrait en haut des marches. Je t'attendais, répète-t-elle. Il lui faut faire un effort pour se situer, se localiser en elle, comme un organe, une pulsation. Mon ventre était invisible, à peine une légère courbure sous la soie brodée, on ne voyait rien mais tu étais là et personne, même pas la couturière lors du dernier essayage, personne ne le savait... Enfin, presque personne, dit-elle à voix basse tandis que son père vient d'entrer au salon pour rallumer le poste.

Le journal télévisé du soir rediffuse des extraits de la conférence du Général... z'été de tout temps, z'été, zété... Ont-ils mieux entendu cette fois ? Et s'il était le seul en France à avoir entendu ? Le commentateur ne relève pas, personne ne remarque ce qui pointe sous le velours, invisible comme lui sous le jersey de soie.

Ah non, on l'a assez vu pour aujourd'hui, celui-là ! dit-elle en brandissant son magazine vers le poste. Viens, allons voir Maria. Maintenant ? demande-t-il, surpris que son père ne proteste pas qu'il est tard, qu'à une heure pareille, on reste chez soi, l'été, passe encore, mais l'hiver. Mais son père ne dit rien. Au contraire, tandis qu'ils se dirigent vers la porte, il tourne vers eux des yeux doux, encourageants, comme s'il les enviait de pouvoir échapper à ce qui le visse à l'écran de la télévision. Il n'y a pas d'heure pour aller voir Maria, dit-elle.

Le bustier pendouille piteusement au-dessus de sa jupe. Depuis le mois de juin, chaque fois qu'il descend, c'est un drapeau en berne, une silhouette décapitée qui apparaît sur le cintre. Satin cou coupé, pense-t-il, un satin duchesse terni par l'accumulation des particules de poussière. Évidemment, sa mère n'ose ni se plaindre ni presser Maria. Elle se contente de soupirer parfois qu'il y a des robes comme ça... Des robes comment ?

demande Maria. Je ne sais pas, dit-elle, des robes comme ça, des robes qu'on a rêvées et qu'on n'aura jamais.

Le bustier s'est encore rempli d'épingles et de fil blanc, comme si désormais, il s'agissait d'en mettre le plus possible, comme si finir le fourreau consistait à cribler le satin noir de têtes d'épingles et d'épaisses surpiqûres. Des points et des lignes. Il s'approche. C'est une forêt, un labyrinthe, un motif mystérieux, grouillant de mille petites bêtes blanches, de messages cryptés. Il s'assoit même à la place de Maria, devant sa machine, tandis qu'il l'entend déplorer depuis son fauteuil sa fatigue dès 5 heures du soir, l'obligation d'arrêter de coudre et de se reposer. Sa mère fait glisser un tabouret jusqu'au bras du fauteuil, ouvre le magazine.

Alors qu'est-ce qu'il a dit le Général ? demande Pepito, debout près de lui. Oh, rien, dit sa mère, rien du tout, allez donc jouer dans la chambre. Il n'ose pas répondre qu'il voudrait rester là, près de Maria, de sa mère qui déjà cherche la robe d'Irene entre les pages. Il ne bouge pas. Allez, viens, insiste Pepito. À regret, il se lève.

N'ayez pas peur, je ne veux pas la même, je l'ai déjà eue, je voulais juste vous la montrer, la voici, regardez comme elle est belle. Essaie-t-elle de la piquer, de la remettre en selle, de la stimuler suffisamment pour qu'elle finisse le fourreau, d'une traite, dès le lendemain, dans un regain fougueux ? Espère-t-elle délier ses gestes empesés, susciter dans son esprit des trajets d'aiguille virtuoses, des coups de ciseaux inédits, dignes des plus grands costumiers du cinéma ? Quand on est couturière, dit-elle sans regarder Maria, on coud dans sa tête, n'est-ce pas, même malade, même alitée. Oui, répond Maria à mi-voix, on a tout le temps des robes sous la peau.

Pepito s'impatiente, tu viens ? Il le suit dans la chambre, de l'autre côté du mur. C'est vrai ce que dit ta mère ? Quoi ? Que le Général n'a rien dit ? Il acquiesce en pensant que Pepito n'aurait qu'à allumer son transistor pour vérifier. Puis, dans un demi-sourire, il fait bzzz. Le Général a fait bzzz pendant la conférence, explique-t-il devant la mine étonnée de Pepito. Bzzzz... Bzzz... Bzzz...

Arrête, s'énerve Pepito.

C'était une grande soirée, avec des coupes de champagne, des serveurs, comme dans les films, commence la voix de sa mère. Ils étaient accoudés au piano à queue, sa robe si blanche contre la laque noire. Elle essayait d'attraper son reflet dans cette laque, les ondulations furtives de son visage, de ses mains, l'éclat de ses dents.

De qui parle-t-elle ? demande Pepito.

Sans lui répondre, il se met en boule sur le lit, remonte les genoux contre sa poitrine, le front plaqué contre ses rotules.

Les branches des étoiles brodées sur sa robe s'incurvent légèrement plus qu'elles ne le devraient, comme lorsqu'on les regarde au fond des mers. C'est le seul indice visible, lui dit-il, elle est si mince, si ravissante dans cette robe. Elle n'a même pas encore eu le temps de l'annoncer à son mari, répond-elle tout bas, elle le fera au retour de cette soirée. Dans la chambre à coucher, elle recueillera sa joie, depuis des années qu'elle attend cet instant souverain, nous allons avoir un enfant, annoncera-t-elle. Leurs sourires, ceux qu'ils s'adressent, ceux qu'ils adressent aux autres, effleurent chaque fois leur secret, le peignent jusqu'à l'enfouir, le faire disparaître dans la trame du tissu.

Il se lève, va s'asseoir au bureau de Pepito et, comme devant la psyché qu'elle a laissée là-bas, fait mine de retirer des boucles d'oreilles, des bagues, du maquillage tout en observant les allées et venues de quelqu'un derrière, dans la chambre, puis, dans un murmure, de chercher ses mots, tu sais... je suis... nous allons...

Qu'est-ce que tu fais ? demande Pepito. Qu'est-ce que tu racontes ? Mais qu'est-ce que tu as aujourd'hui ? Tu es bizarre.

Rien, rien...

Il repart vers le lit, près de la cloison, et se remet en boule, presse ses genoux contre sa poitrine, les serre autant qu'il peut pour devenir aussi rond que possible, aussi rond qu'il est long quand il s'élance contre le tronc du hêtre pourpre. Il ira dès demain, peut-être même avant d'aller en classe. Il presse encore ses rotules contre son cœur, comme pour les écouter battre, se placer au centre d'un cercle de pulsations qui scandent et filtrent les récits du salon. Il ferme les yeux, s'imagine niché sous le vaste piano noir, naturellement bercé par les vibrations de la musique, du cristal et de la voix de sa mère. Rien ne le déloge, rien ne le fait ciller ni bondir. Il fait corps avec elle, leurs deux sangs mêlés. Son récit coule en lui sans obstacles, comme du lait.

Tu dors ? demande Pepito.

Le matin même, dans son cabinet, elle se déshabille lentement puis en accélérant tous ses gestes,
elle s'allonge sur la table, dispose ses jambes de
part et d'autre. Chaque fois qu'elle s'installe, elle a
le sentiment d'être la première femme au monde
à se soumettre à ce protocole. Deux ventilateurs
soufflent un air frais qui lui donne la chair de
poule. Il enfile des gants en plastique tout en lui
posant des questions auxquelles elle répond d'une
voix hésitante, parfois recouverte par le bruit des
ventilateurs. Il lui fait répéter puis il avance ses
mains entre ses cuisses et, comme si soudain
il touchait son visage, elle se demande ce qu'il
voit d'elle. À travers la pellicule de ses gants, elle
devine la peau mate, les poils bruns, l'os saillant
de ses poignets. Ses mains effleurent l'intérieur
de ses cuisses, appuient, les écartent davantage,
laissant entrer plus d'air en elle, et tandis qu'il
parle, qu'il n'arrête pas de parler, s'aventure
bien au-delà des questions qu'il a commencé par
poser, son souffle tiédit l'air froid des ventilateurs.
Elle n'entend plus un mot de ce qu'il lui dit, se
concentre uniquement sur son souffle pulsé et ses

mains gantées qui remuent, s'enfoncent en elle. Une chaleur monte depuis la plante de ses pieds, le long de ses jambes jusqu'au bas de son corps soudain dur, saisi, ses fesses soudain entièrement gorgées comme la chair d'un fruit. Elle se cambre. Puis ses chairs mollissent de nouveau, deviennent même liquides. Elle s'entend haleter puis crier, un tout petit cri, aigu, sa voix méconnaissable. Le médecin s'interrompt quelques secondes puis elle l'entend qui dit : Madame...

Elle ne sait s'il passe un trouble, une satisfaction ou un reproche entre ces deux syllabes, peut-être les trois à la fois. Elle ne saurait dire si l'os carré et velu de ses poignets s'est profondément enfoncé en elle, ou s'il est juste posé entre ses cuisses comme la patte d'un animal docile auquel on aurait demandé de se calmer. Elle ignore tout de l'instant d'après, n'y discerne ni honte ni désapprobation, juste un tressaillement, comme elle tressaille quand il tend la main ce soir-là vers le barman, que l'os de son poignet nu effleure les branches tordues des étoiles sur son ventre.

Madame, vous êtes enceinte, dit-il à la fin de l'examen, je dirais de trois mois. Elle ne relève pas la tête, ne cherche en aucune façon à croiser son regard, tandis que le plafond gondole sous ses larmes. Je pensais que ça ne m'arriverait plus... Et quand elle descend de la table d'examen, ses jambes flageolent tant qu'elle doit se tenir au mur pour ne pas tomber.

Toutes mes félicitations, madame.

Lors de sa première consultation, trois mois plus tôt, dès qu'il se présente sur le seuil de la salle d'attente, une ombre chaude s'immisce d'emblée entre leurs gestes civils, leurs paroles cordiales. Elle ne sait si c'est parce qu'on lui a tant vanté ses exploits médicaux. Étrangement il ne lui inspire aucune ressemblance, elle ne cherche aucun nom d'acteur américain en sa présence. L'amie qui le lui recommande, Silvia, qui s'avance à cet instant vers elle parce que c'est elle qui reçoit ce soir, c'est sa grande soirée annuelle, lui signale qu'il est bel homme, le genre Errol Flynn, un sourire d'ange, dit-elle, mais quand elle se retrouve devant lui, elle ne voit rien, ni Errol Flynn ni ange, ni personne, seulement une présence qui vient heurter la sienne. Elle baisse les yeux mais au lieu d'éviter quelque chose, elle bute dessus, déclenche une gêne encore plus grande entre eux, comme si soudain le regard du médecin glissait le long de ses jambes pour crocheter, emboîter le sien, très bas, au ras du sol, là où personne ne voit jaillir le désir. Ni Silvia, ni le pianiste, ni personne.

J'ai consulté pendant huit ans un premier médecin, Maria, et rien n'est venu. Je suis allée le voir, lui, et trois mois plus tard, je suis tombée enceinte.

Silvia est à présent devant eux et, tandis qu'elle fait l'effort de se tourner vers elle pour l'accueillir, se montrer aimable, elle sent sa robe qui tire un peu contre sa taille. À leurs sourires réjouis, Silvia ajoute le sien avant de déclarer de façon à ce que tout le monde l'entende que c'est une robe d'Irene pour Barbara Stanwyck, n'est-ce pas ? Elle acquiesce mais elle aurait préféré qu'il n'apprenne pas que sa robe était la copie d'une autre robe. Maria s'étonne, habituellement, elle aime citer ses sources et ses références. Oui, mais pas à ce moment-là, dit-elle, pas devant lui, pas avec cet aplomb, cette façon de nous regarder en nous faisant bien comprendre que si nous étions là, c'était grâce à elle, qu'elle était à l'origine de cette rencontre et régnait encore dessus.

Nous n'osions plus nous regarder directement, il fallait d'abord la regarder elle, passer par elle, l'écouter raconter, par exemple, que deux jours plus tôt, on avait saccagé leur appartement, qu'ils s'étaient retrouvés devant leur porte ouverte, fracturée, les yeux rivés sur le sol de l'entrée jonché d'objets. Nous avons attendu un long moment avant de trouver le courage de pousser la porte, et vous savez quoi ? dit Silvia en s'adressant bien aux deux. Non, quoi ? Eh bien, Georges m'a laissée entrer la première.

Un cri puis deux puis d'autres retentissent au fond de la salle. Les serveurs tournent des têtes affolées. Les invités parlent plus fort puis cessent tout à fait de parler, tendent le cou et l'oreille. Deux types ont encore dû se battre dans les cuisines, dit Silvia qui, en tant qu'hôtesse, aurait dû immédiatement s'éclipser, dire, je vais voir ce qui se passe, mais qui ne bouge pas. Donc je vous disais, Georges m'a laissée entrer la première. C'est insensé, non, qu'un mari laisse entrer sa femme la première quand tout a été mis à sac ? On ne sait pas sur quoi ni sur qui on peut tomber. Oui, dit-elle, c'est vrai. Et que s'est-il passé ? On a marché ensemble dans toutes les pièces, on a constaté les dégâts en soupirant, puis on a tout ramassé, tout rangé, mais, depuis deux jours, je ne cesse de revoir ma main pousser cette porte, mes pieds s'avancer dans le couloir avec Georges à ma suite, comme un petit chien. Alors j'ai pris une décision.

Elle ne demande pas quelle décision, enchaîne

avec un empressement volubile, fébrile, en 1948, Bob Taylor tenait la main de Barbara Stanwyck quand les ciseaux ont commencé à couper ses longs cheveux. La MGM a publié les photos. Silvia dit qu'elle les a vues en effet mais aussi qu'elle ne saisit pas le rapport. Mais les cris redoublent, jettent dans la réception des phrases que tout le monde comprend à présent, nous sommes ici chez nous, partez, partez. Elle les énonce lentement, très distinctement, nous sommes ici chez nous, partez, comme si elle les entendait, partez, là, pour la première fois, devant Maria. Des phrases terribles, impensables, ajoute-t-elle. Certains serveurs déposent leurs plateaux sur les tables et enfoncent ostensiblement leurs mains dans leurs poches. Voilà, c'est devenu comme ça maintenant, dit Silvia, ils nous détestent. Ils auraient très bien pu se trouver dans l'appartement quand Georges m'a laissée entrer la première. Je ne peux pas rester avec un homme comme ça vu ce qui nous attend. J'ai décidé de le quitter.

Elle regarde le médecin. Qu'est-ce qui nous attend ? lui demande-t-elle comme si c'était lui qui avait prononcé la phrase. Tu ne le vois donc pas ? répond Silvia, ils nous détestent, ils nous feront partir d'ici. Pourquoi rester dans un pays où l'on vous hait tant ? Parce que c'est chez nous, proteste-t-elle. Ce n'est pas ce qu'ils disent, écoute-les. Elle tourne de nouveau les yeux vers le médecin, le supplie de dissiper la brume, le malentendu, attend qu'il dise quelque chose, déclare avec autorité que ce pays est le leur et que son bébé pourra y naître et grandir, mais il ne dit rien et pose ses deux mains à plat sur le piano. Georges n'est pas homme à traverser une guerre, dit Silvia. Quelle guerre ? demande-t-elle, de plus en plus agacée, en pivotant d'un quart de tour vers le piano. Le jersey se tend brusquement sur son ventre, y forme peut-être même un faux pli, un début de déchirure. Elle n'ose pas regarder, ne sait d'ailleurs plus où regarder. Elle aurait dû faire reprendre sa robe à la taille mais elle a préféré se taire jusqu'au bout, faire son dernier essayage d'un air content, radieux, jusqu'à fermement contredire la couturière lorsque celle-ci a insinué qu'elle avait pris un peu de ventre.

Moi, je l'aurais vu immédiatement, dit Maria, surtout à la poitrine, ça ne trompe personne une femme enceinte de trois mois.

Elle n'ose pas porter une main sur son ventre, de peur que Silvia ne s'exclame aussitôt, tu n'aurais pas un peu forci ?, ou que ses doigts moites ne salissent les broderies ivoire. Alors elle regarde les deux mains du médecin à plat sur le piano, l'os du poignet qui dépasse de la chemise et de la veste, se dit qu'elle n'a jamais rien vu d'aussi puissant que ces mains-là, doit se retenir pour ne pas poser les siennes dessus.

Le pianiste entonne une mélodie enjouée qui masque les clameurs. Quelques couples se mettent à danser. Les paumes quittent la surface du piano, laissent des empreintes humides qui s'évaporent instantanément. Elle se retient de vouloir recueillir cette vapeur en plaquant ses paumes dessus, l'eau de ses mains, la rosée de ses mains, pense-t-elle, les jambes soudain molles et brûlantes sous le long plissé, puis ses mains blanches, telles deux ailes, s'ouvrent à la hauteur de ses épaules, se suspendent devant elle. Elle hésite, les revoit le matin même entre ses cuisses, se demande ce qu'il voit d'elle à cet instant et ce qu'il préfère. Lentement, elle dépose les siennes dessus, plus moites que jamais. Ils se mettent à danser tandis que l'agitation augmente partout dans la salle, que la valse des serveurs s'accélère, captive les regards de ceux qui ne dansent pas, les pétrifie. Elle aperçoit encore quelques instants l'air sévère de Silvia, à présent flanquée de son mari et de son terrible secret, puis plus rien que le visage doux et racé à qui elle s'entend dire, Flynn, désormais je vous appellerai Flynn, docteur. Il ne s'étonne pas, il sourit.

Tandis qu'elle le boit des yeux, elle ne se dit pas, mon Dieu qu'il est beau, mon Dieu qu'il me plaît, non, mais que ses mains qui sont si douces contre les siennes sont les mêmes qui malaxent de la chair et du sang toute la journée. Dans le vent de la musique et de la danse, elle songe qu'elle tient un homme rarement exposé à une telle lumière, une telle légèreté, la plupart du temps à l'œuvre au fond d'une mine où la vie lutte contre la mort ; qu'elle assiste à une métamorphose rare, précisément tournée vers elle, comme son sourire, son air juvénile, radieux, qui lui donne soudain accès à toute l'humanité, ses profondeurs et sa surface, ses mines comme ses jardins, son obs-curité et sa lumière. En dansant là, avec elle, le soir, après avoir passé l'après-midi à mettre des enfants au monde, comme il le lui explique, pas moins de quatre depuis midi, après vous, j'ai filé à l'hôpital, a-t-il dit, et là, je n'ai pas arrêté, je n'ai même pas eu le temps de déjeuner, il lâche un instant sa main, compte sur ses doigts, non, cinq enfants dont des jumelles, une naissance difficile, un accouchement risqué, une mère épuisée, je vous passe les détails. Non, au contraire, donnez-les-moi, les détails, a-t-elle envie de dire, les muscles, les tissus dégoulinants et vos mains gantées dedans, fermes et agiles, pour en extraire la chair neuve, fragile, deux fois de suite, jusqu'à il y a une heure à peine. Des mains qui se lavent avant et après, longuement, des heures par jour si on additionnait les minutes sous le robinet, les poils qui bouclent dans la mousse du savon puis se lissent sous l'eau claire, pour de nouveau se salir, se souiller, s'enfoncer dans la matière visqueuse. J'ai juste eu le temps de passer prendre une douche et de me changer, ajoute-t-il dans un sourire si large qu'elle y voit tout le spectre des actions humaines. C'est bien à elle et rien qu'à elle qu'il fait don d'un visage qu'il ne montre à personne d'autre, celui d'un homme qui danse.

C'est inoubliable, dit-elle à Maria, encore aujourd'hui, ce visage au-dessus de moi est un soleil avec lequel je me réveille, une lune sous laquelle je me couche, une sphère lumineuse dans mon ciel qui, depuis toutes ces années, n'a connu aucune éclipse. Et chaque fois ce nom qui l'effleure, en douceur, une plume, Flynn...

Mais vous...

Maria n'achève pas à cause d'une quinte de toux.

Tenez, dit-elle en lui tendant un verre d'eau, je n'aime pas cette toux, buvez un peu, à petites gorgées, Maria, à toutes petites gorgées.

Après leur danse, chacun se replace de part et d'autre de Silvia qui ne tourne même pas la tête, interloquée, figée, mortifiée de devoir se tenir aux côtés de son mari ainsi désavoué d'abord par ses propres paroles puis par leur duo triomphant.

Elle croit cependant l'entendre demander *Cry Wolf*, 1947, avec Stanwyck et Flynn, ensemble, ils n'ont fait que ce navet, non ? Silvia est encore plus connaisseuse qu'elle en matière de cinéma. Je n'ai pas vu ce film, répond-elle d'une voix claire, encore réjouie.

Un serveur s'approche, leur propose des verres de jus d'orange et de tomate. Dans la lumière tamisée, la clameur qui enfle de nouveau, piquée à présent d'éclats de voix furieux, enragés, elle a soif, convoite les longs verres qui brillent comme des bâtons de sorbet translucides. Jamais elle n'aurait porté de telles couleurs, dit-elle subitement à Maria, leur préférant toujours les tons neutres, les blancs, les beiges, les gris perle, à cause du cinéma en noir et blanc, toutes les robes qu'on aimait, on les voyait ainsi, vous savez bien.

Ça vous est resté, note Maria.

Oui, comme vous dites, ça aussi, ça m'est resté.

Le serveur tient maintenant son plateau à la hauteur de son ventre, attend, croit qu'elle hésite entre les différents jus mais loin de se demander ce qu'elle va boire malgré sa soif, elle contemple les reflets rouges et orange qui se mettent à vibrer, à danser lentement sur les étoiles de sa robe, le haut du plissé, puis de plus en plus vite. Comme elle, Flynn, Silvia, tout le monde n'a plus d'yeux que pour ces tubes rouges et orange qui s'entrechoquent, claquent comme des dents, tant et si bien que personne ne voit débouler le deuxième serveur, criant plus fort que les autres, nous sommes chez nous ici, partez, qui vient bousculer le premier, lui ordonner d'arrêter de les servir sur-le-champ, renverse son plateau. Elle s'écarte mais un mélange vermillon coule déjà sur sa robe, entre les étoiles plutôt que dessus. Le liquide froid glace la peau de son ventre. Elle se fige, pense immédiatement à la robe plissée et ensanglantée de Marlene Dietrich dans *Stage Fright*, à son crime, son secret, mais le sang n'était pas rouge alors, seulement gris clair et gris foncé, certainement du blanc trempé dans du thé très infusé, comme vous me l'avez dit une fois, Maria. Et figurez-vous, Maria, qu'à cet instant, mon esprit s'acharne, se fixe sur une seule question : de quelle couleur était vraiment la robe tachée dans ce film, dans *Stage Fright* ? Dietrich demande à son amant de lui apporter la même en bleu, pour qu'elle se change avant d'aller au théâtre, et quand un peu après on la voit dedans, dans cette robe plissée bleu foncé, on se dit que dessus, la tache de sang ne se serait pas vue. Et pareil pour moi, Maria, si j'étais venue en fourreau noir à cette soirée ! D'ailleurs, si je m'habillais dans des couleurs plus sombres, je ne passerais pas ma vie à avoir des taches. Entre mes dents, tandis que le liquide imbibe ma robe, je dis plusieurs fois *Stage Fright* et Silvia qui m'entend, répond que c'est exagéré, que moi, je n'ai tué personne, n'est-ce pas, commis aucun crime. Et au lieu de dire non, bien sûr que non, je pose ma question à la cantonade, de quelle couleur est la robe tachée de Dietrich ?

Rose saumon, dit aussitôt Silvia.

Quoi ? Comment le sais-tu ?

On ne voit que la tache, les contours dégradés, le cœur très sombre et des cercles plus clairs tout autour, un vrai papillon de sang, mais en dehors des taches et des flammes qui la recouvrent, c'est finalement une robe sans couleur. Le cinéma parvient à faire de ces choses, Maria, vous imaginez ? Des tissus sans couleur. Maria remue la tête lentement, acquiesce longtemps, comme pour se bercer. Mais dans la vraie vie, les robes et les taches ont toujours une couleur, comme cette énorme tache écarlate sur sa robe ivoire.

C'était une robe saumon de chez Dior, réaffirme Silvia, c'est connu.

No Dior, no Dietrich, réplique-t-elle pour montrer qu'elle sait.

Pardon ? lui demande Flynn.

Dietrich avait exigé d'être habillée en Dior pour ce film mais cette tache écarlate sur ma robe ivoire, Maria, c'était bien pire encore que de souiller une robe de chez Dior.

Les deux serveurs se sautent à la gorge. Son mari surgit, brandit des billets de banque, les agite sous leurs yeux, mais rien ne les arrête. Le temps des pourboires est terminé, déclare calmement Flynn, voici venu celui des déboires. On déplie des serviettes et soudain sur son ventre, plusieurs mains blanches épongent, frottent le tissu ivoire si fort qu'elle a presque mal, qu'elle a peur pour son bébé, se mord les lèvres, n'ose rien dire. Dans ce mikado de doigts, elle reconnaît ceux de Silvia, de son mari, de Georges même, cherche ceux de Flynn mais, quand elle lève les yeux, elle constate qu'il n'a pas bougé. Il la regarde à présent sans sourire, se contente de partager avec elle un silence tendu au-dessus des frottements, des bijoux, des voix qui cliquettent. Tout le monde évoque l'altercation, les insultes, surtout Silvia qui frotte plus fort que tous les autres en déplorant alternativement qu'une robe pareille soit tachée, complètement ruinée même, et qu'on vive dans un pays où l'on vous hait tant.

Vous savez, avoue-t-elle à Maria, si j'avais pu, c'est le fourreau de Gilda que j'aurais voulu porter ce soir-là, pas cette robe blanche. Mais ça n'a pas été possible, je ne sais plus pourquoi. C'est peut-être mon père, oui, c'est mon père qui souvent apportait les tissus, il était représentant pour une maison italienne, et il a dû encore me dire que ce n'était pas convenable, comme lorsque j'avais seize ans, ou bien qu'il n'avait pas de satin noir sous la main, seulement du jersey de soie ivoire, comme si c'était équivalent, enfin, je ne sais plus. Je n'ai jamais eu de chance avec ce fourreau.

Je l'aurai bientôt fini, proteste Maria, vous l'aurez, votre fourreau.

D'ailleurs, je le lui ai dit.

À qui ?

À Flynn, enfin, au médecin, Maria, au médecin. Parce que ça ne s'est pas arrêté là, parce que ne croyez pas que la soirée se soit finie ainsi.

Les enfants doivent se coucher, ils ont école demain, dit Maria en s'extirpant de son fauteuil. Vous me raconterez la suite une autre fois.

Ensemble, elles viennent ouvrir la porte de la chambre : les deux garçons sont endormis sur le lit, contre la cloison, la peau mate de l'un contre la peau blanche de l'autre, tête contre tête, leurs cheveux emmêlés, la dentelle souple des boucles de Pepito retombant sur leurs deux joues. Attendries, elles ne remarquent pas, sous leurs paupières baissées, les tressaillements persistants du sommeil simulé.

Vous voyez, ils dorment comme des anges, Maria !

Elles referment la porte, repartent au salon.

Sur du noir, les taches auraient été moins visibles, reprend-elle tandis que Maria se rassoit, incapable de modérer le débit de sa confession, l'éclat de ses yeux, mais dans un fourreau, a précisé Flynn, vous auriez été à l'étroit. Et la voilà repartie à expliquer que Rita Hayworth a porté cette robe juste après avoir accouché de sa fille, avec encore un peu de ventre, que Jean Louis, le fabuleux costumier de la Columbia, s'est débrouillé pour lui donner de la marge à la taille, ne pas serrer les pinces. D'ailleurs, si on regarde bien, cette marge, on la voit.

Vous vous souvenez, Maria, je vous en ai déjà parlé, n'est-ce pas ? Et Maria de hocher la tête tout en réprimant une nouvelle envie de tousser.

Des policiers sont arrivés, ont demandé leurs papiers à plusieurs hommes de la soirée, une dizaine d'hommes dont Georges, et mon mari que j'apercevais en train de discuter à l'autre bout de la salle.

Et Flynn ? demande Maria.

Non, pas Flynn, curieusement. Alors ça y est, vous aussi, vous l'appelez Flynn. Ce sera notre secret, Maria.

Ensuite ils ont sorti leurs menottes et, en une seconde, ils les ont attachés et emmenés. On n'avait jamais vu ça. Silvia a protesté, en vain, et je crois bien n'avoir jamais rien vu de plus désolé qu'elle quand Georges l'a regardée une dernière fois avant de quitter la salle.

Et vous, qu'avez-vous fait ? cingle Maria.

Moi, je suis restée avec Flynn et tous les autres invités, complètement hébétée. Le pianiste ne cessait pas de jouer. Je ne pensais qu'à une seule chose : je n'avais pas eu le temps d'annoncer à mon mari que j'étais enceinte. J'ai sûrement parlé avec Silvia, nous avons dû nous lamenter sur le sort de nos maris respectifs, ignorant tous deux notre secret. Je connaissais le sien mais connaissait-elle le mien ? L'avait-elle deviné ? En tout cas, nous avons dû rester l'une en face de l'autre pendant un moment, flanquées de notre hébétude et de notre secret jusqu'à ce que sa main attrape la mienne.

La main de Silvia ?

Non, Maria, non, voyons... Nos mains sont libres et heureuses de se prendre pendant qu'on attache celles de mon mari dans son dos. Ma main n'hésite pas une seconde à rejoindre la sienne, pas une seconde, Maria, pas une seconde. Et il passe devant moi, d'un pas sûr, déterminé, sans se soucier des regards assassins, des commentaires qui pleuvent sur nous, il avance, fend l'hébétude et la consternation, m'entraîne dans un salon à l'écart. Mais les serveurs ne cessent de surgir, nous ne sommes jamais tranquilles, nous changeons plusieurs fois de pièce avec cette main qui chaque fois me tire, cette vigueur, cette allure qu'il donne soudain à l'existence. Plusieurs fois, nous croisons Silvia, on dirait qu'elle nous suit, qu'elle nous précède même, qu'elle tend sa main pour qu'on la prenne dans les nôtres, que ce menottage lui fasse oublier celui des policiers. Elle nous jette des regards, des phrases acides, mais, comme dans un rêve, je ne les entends pas, j'avance, avec, contre mon ventre, le tissu humide, je ne me souviens pas qu'il ait jamais séché, même au moment où Flynn m'a raccompagnée chez moi, retiré la robe. Pourtant il était tard, ou bien très tôt le lendemain matin, mais rien n'a séché, ni le jersey de soie, ni la joie ni les larmes.

Quelles larmes ? s'étonne Maria.

Celles qui coulent au fond, à l'intérieur de moi, venues d'une source intarissable et avec laquelle je vais devoir composer pour le restant de mes jours, sur mon mari jeté en prison, sur mon pays, sur les convulsions de la haine et de la trahison. Mais au-dehors, on voit surtout la joie, celle que me donnent ce bébé, cette main douce, vigoureuse, qui m'empoigne et qui promet de le mettre au monde.

Pendant deux mois, elle n'a presque aucune nouvelle de son mari. C'est Silvia qui se démène pour en prendre, venir lui en apporter presque de force pour qu'elle reste avec elle dans l'épreuve. Même quand elle ne voudrait pas en avoir, Silvia sonne chez elle, s'installe, raconte pendant des heures les détails de la détention, le thé sucré auquel ils ont droit plusieurs fois par jour, les couvertures, les bakchichs dont elle arrose les gardiens via mille ruses, mille truchements, mais, dit-elle, le temps des pourboires est terminé, voici venu celui des déboires. Elle ne sait plus qui a lancé cette formule ou plutôt si, elle sait, elle cherche une confirmation, une connivence, un aveu, voudrait que ce soit elle qui lui dise, c'est Flynn, c'est une phrase de Flynn, mais elle se contente de sourire. Et pendant ces deux mois, elle dissimule son ventre qui grossit doucement, moins vite que chez une autre, dit Flynn, parce qu'elle refuse que son mari apprenne la nouvelle par quelqu'un d'autre qu'elle et en prison qui plus est. Ou plutôt parce qu'elle en profite pour savourer ce secret qui la relie à Flynn le plus longtemps possible, à l'abri des regards. Un secret qui crée ses rituels et ses gestes jusqu'aux consultations intempestives qu'il lui dispense à la moindre inquiétude, à la moindre contraction. Au plus petit signe de fatigue, il lui dit de s'allonger sur le canapé, le lit, par terre, écarte ses jambes et entre doucement ses mains, puis quand la droite s'enfonce, tourne, l'autre tâte, appuie à la surface de son ventre. Il ne se munit plus de gants désormais, rejetant les contraintes de l'asepsie au profit d'un appétit constant. Entre ses mains qui sentent encore son odeur, son excitation a raison de sa peur même si elle regimbe, dit qu'il vaudrait mieux ne pas, mais il la rassure, lui promet que tout ira bien, que le bébé ne court aucun risque, qu'il est bien niché, bien accroché, que le désir et l'amour sont dans la nature des choses. Ses mains, Maria, encore ses mains, qui palpent, connaissent, comprennent mon corps mieux que les miennes, qui voient à travers ma peau, me donnent un corps de verre, ses mains...

Maria tousse. Dans le vacarme de sa gorge et de ses poumons, elle lui demande de lui épargner ces détails, puis, quand elle a cessé de tousser, pose sur elle des yeux doux, bien plus doux que prévu, qui ne la découragent pas de reprendre. Le sourire qu'elles échangent à cet instant esquisse le tracé d'une brèche entre elles, un passage, l'endroit où les femmes reconnaissent le miracle de ce qu'on ne rencontre qu'une fois dans la vie, qui missionne les unes pour aller au front, le chercher, le vivre, le pleurer, les autres pour écouter les premières, recueillir leur confession, les détails même, se désespérer de ne pas avoir été élues tout en se félicitant de ne pas avoir été déçues.

Pendant ces deux mois, poursuit-elle, elle achète

ses vêtements dans les boutiques parce que les vendeuses ont l'œil beaucoup moins avisé que les couturières.

Votre mari est en prison et vous allez faire les boutiques ? demande Maria.

Je n'avais pas le choix, je devais m'habiller, c'était l'hiver et il était rude, nous avions rarement eu si froid. Je n'avais pas beaucoup d'appétit mais ma taille avait épaissi. Mon père, un jour, s'est étonné, a trouvé ma robe inhabituelle mais je n'ai rien dit, rien lâché, même à lui qui me dévisageait systématiquement pour tracer, apprécier la transformation de ses tissus en vêtements. Je ne pouvais pas. Mes parents s'inquiétaient pour mon mari, me demandaient ce que je faisais seule, sans lui, toute la journée, insistaient pour que je m'installe chez eux, mais je mentais, je mentais à longueur de temps. Flynn avait de plus en plus de mal à garder son cabinet. Il avait reçu plusieurs visites de la police, avait limité ses consultations, mais à l'hôpital, on avait besoin de lui. On se retrouvait le soir, la nuit. La situation rendait les commérages moins féroces. Quand je parlais avec des voisines, j'entendais l'inquiétude, les faits qui se précisaient, s'enchaînaient, nous cernaient. On me rapportait les intentions du gouvernement, les manifestations dans les rues, mais au fond, ça m'était bien égal, je ne pensais qu'à notre prochain rendez-vous, à nos retrouvailles secrètes, Flynn, moi, le bébé, l'intimité de nos trois corps fondus ensemble.

Je sais ce que vous pensez, Maria, je l'ai moi aussi pensé, mais j'avais beau le penser, j'allais vers lui. Un soir, Silvia ne partait plus de chez moi alors que je devais le rejoindre. Pour la brusquer, je lui demande en la regardant droit dans les yeux, est-ce que tu vas vraiment quitter Georges ? Alors que tout indique le contraire, son acharnement, ses traits tirés, elle acquiesce. Silvia lui fait-elle cette réponse pour stimuler, susciter la sienne, la voir se former sous ses yeux, impensable quelques semaines plus tôt, scandaleusement impensable ? Silvia s'étonne qu'elle soit si choquée. Quand on perd la confiance, dit Silvia. C'est moi qui vais lui faire traverser cette épreuve et pas le contraire. C'était une femme forte, Silvia, qui avait le sens du mouvement et de la direction mais qui n'avait pas l'air d'aimer ça. Face à elle, j'étais comme une enfant désorientée, honteuse, avec désormais, devant moi, non plus un mais deux hommes pour me mener. J'ai toujours été comme ça, alors que vous, Maria, vous êtes plutôt de la trempe de Silvia, vous n'avez pas besoin d'un homme qui vous guide.

Et toi ? a demandé Silvia, après un moment, sans davantage préciser sa question. Une forme grossière soudain flottait dans la cuisine, au-dessus de la table à laquelle nous étions assises, une masse lourde, pesante, qui allait s'abattre ou pas, comme ces mouettes sur la corniche, quand on ne sait pas quelle direction elles vont prendre, quand on les voit se suspendre juste au-dessus de nos têtes, leurs pattes repliées, menaçantes.

Vous voyez ce que je veux dire, Maria, vous devez en avoir vu au Portugal ?

Bien sûr, près de l'océan, nous avons l'océan, mais moi, je n'ai jamais eu peur.

C'est parce que vous n'avez pas vu le film de Hitchcock, Maria, mais je vous le montrerai, nous le regarderons ensemble, pour les mouettes et pour le tailleur vert céladon d'Edith Head. Enfin, en Amérique, on dit eau de Nil, vous savez bien. Nous achèterons une télévision en couleur quand la petite se fera opérer. Je n'ai pas répondu à Silvia, Maria, et je ne me souviens pas si elle a répété sa question ou non mais, à partir de ce jour-là, elle est restée suspendue au-dessus de moi, sans descendre, ni m'attaquer.

Puis tout s'est précipité.

Nous avons eu quarante-huit heures pour quitter le pays. On m'a dit que mon mari serait libéré, qu'il partirait aussi mais je n'avais aucun détail, Silvia non plus. Flynn aussi doit partir, tous les gens que je connais, tous sauf mes parents à cause d'une histoire de papiers. Sans compter qu'ils répètent sans cesse qu'ils sont trop vieux, trop fatigués, mais que pour elle, l'avenir est là-bas dans ce grand pays qu'est la France.

Son père lui ouvre, marche derrière elle dans le long couloir qui mène au salon puis s'approche et chuchote à son oreille, cette robe, ce n'est pas toi, tu as changé. Elle invoque la situation, les contrariétés, il dit non, donne à son intonation l'inclinaison du reproche. Elle se dépêche de s'asseoir pour qu'il cesse d'observer sa silhouette, mais ses doutes viennent coloniser la scène, la modifier en profondeur, éclipser la raison pour laquelle elle est venue, leur dire au revoir. Moi, leur fille unique, les voir pour la dernière fois, c'est inhumain, Maria, vous n'avez pas idée. Alors plutôt que de laisser monter la peine à la hauteur de la tendresse, pure, entière, qui les submerge, son père la fait redescendre : il la fixe, lui lance avec dureté, toi, tu ne nous dis pas tout. Elle nie, parle plus vite, a même envie d'en finir, de s'en aller, puis

se calme, évoque le problème des valises, la difficulté à les faire seule. Que prendre ? Que laisser ?
Elle raconte la pénurie de bagages et de manteaux
dans les magasins, la peur du froid qui les gagne
déjà. Quand on met un manteau dans une valise,
il prend toute la place, dit sa mère. Tout dépend
du tissu, réplique son père. Des phrases simples,
anodines, fusent dans le salon. Chacun apporte sa
contribution au bûcher qui doit brûler la peine.
Puis son père quitte la pièce et ne revient pas. Elle
s'impatiente parce qu'elle doit partir, retrouver la
valise restée béante sur son lit, la remplir. Elle fait
le tour de l'appartement, va dans leur chambre, ne
le trouve pas. Je dois rentrer, répète-t-elle en revenant au salon, et chaque fois qu'elle prononce ces
mots, elle enfonce un clou dans sa chair, puisque
dans deux jours, elle sera sur un bateau, en mer,
ne rentrera plus nulle part. Puis son père reparaît
avec trois valises, deux grandes et une petite sous
le bras. Il a l'allure légère des acteurs dans les
films qui portent des valises sans poids. Elles sont
taillées dans le plus beau cuir italien et marquées
à mes initiales, dit-il en passant son index sur le
M et le S dorés, mais nous, nous n'en aurons plus
besoin. Ils n'ont droit qu'à une valise par personne,
explique-t-elle, elle prendra les deux grandes,
pense furtivement que la plus petite serait idéale
pour un enfant, mais que mettrait-elle dedans ?
Elle n'a ni vêtements de bébé ni layette, elle verra
bien là-bas, puis se ravise, supplie son père de ne
lui en donner qu'une, d'en garder deux pour le cas
où ils pourraient partir, la rejoindre en France.
C'est un marchandage qui occupe leurs mains,
fixe leurs yeux sur les poignées, les fermoirs, les
sangles, les poches intérieures. Quand finalement

elle descend l'escalier, les valises pleines d'air au bout de ses bras lui donnent un semblant de tenue que ses jambes ne lui donnent plus. Je tenais par le haut de mon corps, seulement par le haut, dit-elle en baissant encore la voix. Fait-on des enfants pour qu'ils aillent vivre ailleurs, Maria ? Soudain la sensation de l'éloignement a creusé mon ventre, comme si moi, je devais rester là, et mon bébé rejoindre l'autre rive, l'autre pays, sans moi. Quand je suis arrivée à la maison, j'ai jeté n'importe quoi au fond des valises. Je ne voyais rien à travers mes larmes, seulement les manteaux qui prenaient toute la place. Et encore, j'ai eu de la chance, Maria, parce que d'autres sont partis sans même dire au revoir à ceux qui ne partaient pas. Comme mon mari qui n'a pu saluer personne. Enfin, je ne sais pas ce qui est pire : garder l'image de mes parents gais et entourés de leur famille, de leurs amis, ou les quitter dans ce salon désolé qui se vide sous mes yeux, s'agrandit démesurément pour les rendre minuscules, imperceptibles, et les engloutir ?

Le lendemain, sur le palier, nous sommes plusieurs à revenir mille fois sur nos pas en disant, j'ai oublié ma pendule, le vase bleu, mon foulard en soie... Certains font des phrases plus longues, expliquent qu'ils ne pourront rien faire là-bas sans la petite statuette romaine ou qu'une fois là-bas, ils seront bien contents d'avoir emporté la boîte en fer-blanc, la pochette rouge, le châle en laine... Entre les gestes désordonnés, maladroits, les objets cités projettent dans l'horizon des formes familières et nécessaires. Alors on rouvre les portes et les bagages au beau milieu du palier, sans se soucier de ceux qui ne rouvrent plus rien et s'efforcent de descendre tranquillement. Tout s'obstrue, tout s'engorge et ce qui a commencé comme une agitation vive, rapide, se fige, s'alourdit à l'image de nos valises qu'on gave pour que, de nos vies, elles retiennent tout et qui débordent tant qu'on est obligé de s'asseoir dessus et à plusieurs pour les fermer. Allons, allons, les choses n'ont aucune importance, dit mon voisin du sixième, qui justement descend avec sa femme et ses deux enfants. Tous les quatre enjambent fièrement nos bagages, se déplacent comme des masses d'air dans des masses d'air, labiles, immatérielles. Pourtant, malgré l'allure que donne le mari à leur descente, la femme s'arrête brusquement dans l'escalier, se tape le front. Je dois remonter, dit-elle. Il n'en est pas question ! s'écrie-t-il. Et les voilà qui se disputent, commencent une scène de ménage ridicule, entre le troisième et le deuxième étage, vociférante, qui pulvérise toute la dignité, tout le maintien avec lesquels ils étaient descendus jusque-là parce que les cris, la vulgarité valent encore mieux que la tristesse, parce qu'il vaut mieux éponger l'épanchement du chagrin dans les cris plutôt qu'il ne s'écoule dans les poitrines bien droites, marche après marche, et laisser penser qu'on vit un jour comme les autres. Un jour tout ce qu'il y a de plus ordinaire, empreint de violence et de distraction. Mais les domestiques, eux, ne nous regardent pas comme les autres jours. C'est au fond de leurs yeux qu'on fait la différence entre un au revoir et un adieu, dans la vibration mêlée du repentir et de la joie qu'on y sent, dans leurs mains qui nous touchent une dernière fois, surtout les bébés, les enfants qu'ils ont soignés depuis leur naissance. Mais leurs voix ne disent pas un mot. Leurs voix n'osent certainement rien nous dire d'affectueux parce que la veille encore, elles hurlaient dans les rues que nous n'étions pas ici chez nous et que nous devions partir. Ils nous regardent descendre comme une procession d'idoles, sans inverser les rôles, sans pour autant devenir les maîtres. Certains ouvrent leurs paumes quand nous passons pour nous signifier qu'on peut leur confier la clé de nos maisons, qu'ils veilleront sur nos affaires, nos trésors, mais moi, je ne la leur donne pas, Maria, je la garde. Je referme ostensiblement mes doigts dessus et, sous leurs yeux, je brandis mon poing serré comme une menace, une invitation au combat, dérisoire, pathétique, c'est tout ce que je trouve pour leur exprimer mon dépit amer. Ensuite, je la glisse dans mon sac. Je ne sais pas encore si c'est pour revenir ou pour la jeter dans la mer depuis le pont du bateau. Comme dans un film, Maria, comme dans un film.

Et vous l'avez gardée, cette clé ?

Oui, longtemps, mais j'ai fini par la jeter dans la Seine.

Quand ?

Quand la petite est née, Maria.

Nous sommes arrivés au port tous les trois en même temps, Flynn, Silvia et moi. Après une marche et une attente interminables, nous sommes montés à bord, et là, sur nos passeports, ils ont apposé le tampon *No return*. Flynn m'a expliqué une fois que l'esprit humain était incapable d'entendre les très mauvaises nouvelles du premier coup, qu'il fallait souvent dire et redire aux patients qu'ils étaient atteints d'une grave maladie, s'y reprendre à plusieurs fois, changer de mots pour que ça rentre, que ça s'imprime. J'ai demandé à l'employé si je pourrais revenir voir mes parents, j'ai même cité des noms de rues, de plages, tout ce qui me passait par la tête, pour qu'il acquiesce et me dise que, bien sûr, à cet endroit, je pourrais toujours revenir. Mais à toutes mes questions, il a opposé le même visage de pierre. Je ne savais plus où regarder. Je me suis retournée pour apercevoir une dernière fois la ville, le quai, la forme des bâtiments, mais le tampon s'est abattu encore. Je voulais un mur, quelque chose contre quoi poser mon dos, ma tête, mais il n'y avait que la mer, la houle, des contours qui ondulaient de toutes parts et mes deux valises qui n'arrêtaient pas de tomber sur le côté. Je les relevais, je fixais les initiales dorées, le nom de mon père, ou les yeux de Flynn, d'un même miel mordoré, je cherchais des points fixes. Mais j'y pense, Maria, M. S., ce sont aussi vos initiales… Ensuite ils ont inspecté mes valises, peut-être parce qu'elles étaient plus belles que les autres, mais aussi parce qu'elles étaient lourdes, beaucoup plus lourdes.

Quelques heures après être revenue de chez mes parents, je refais mes bagages. Je bourre mes deux valises autant que je peux, je troque mes robes contre des robes de papier, contre des pages et des visages. Flynn arrive, me dit que je vais avoir besoin de plus de vêtements, que les magazines ne me tiendront pas chaud, là-bas, en France. Je dis non, détrompe-toi. Tes valises seront trop lourdes, ce n'est pas le moment, il me parle comme un mari à sa femme, sans égards, avec une certaine familiarité même, mais il ne me fait pas changer d'avis. Alors quand ils ouvrent mes valises, surtout l'une des deux, ils n'en reviennent pas et ils sortent tout, comme dans les films d'espionnage, ils examinent tout, page à page, malgré les centaines de gens qui attendent derrière moi, les enfants qui hurlent et qui pleurent. Ils feuillettent les pages, ils n'en finissent pas de feuilleter, de secouer, de chercher des messages secrets entre les robes et les visages. Je me défends, je dis que j'aime seulement le cinéma américain parce que c'est le plus beau, le plus grand, les studios et les vedettes, que je ne suis pas une espionne, que je suis fatiguée, mais là encore, même là, je ne lâche rien, je me garde bien de dire, je dois m'asseoir, je porte un bébé, je vais tourner de l'œil. Rien, je ne dis rien.

Et quand l'employé des douanes confisque une grande partie de mes *Photoplay*, Flynn me regarde avec une peine confondante. Il voit bien qu'on me coupe les bras, les jambes, qu'on m'ampute de toutes parts et qu'il fait peut-être déjà partie de cette mutilation, de ce qu'on m'enlève, de ce dont on me vide. Le douanier sourit au-dessus de la pile confisquée. On ne sait pas pourquoi il garde Ginger Rogers plutôt que Gary Cooper ou Betty Grable plutôt que Cary Grant, sans doute parce que ce sont des femmes, qu'elles sont joviales, sensuelles et blondes. C'est alors que Flynn s'avance.

Il change de langue mais sa voix reste docte et précise. Ses yeux et ses mains se posent sur chaque magazine confisqué. Sur chaque *Photoplay*, comme un serment, il invoque ma passion pour le cinéma, la nécessité d'avoir des rêves, surtout dans les moments difficiles. Il insiste, argue de sa connaissance intime des femmes qui fait sourire le douanier, je mets leurs enfants au monde, un sourire salace, envieux, je les connais, puis, quand se présente le visage de Hedy Lamarr, il arrête brusquement son boniment, tourne la tête vers moi et murmure que je lui ressemble. Une fois, deux fois, si bien que le douanier aussi me regarde, les doigts pointés tour à tour sur la couverture du magazine puis sur moi, répète que je lui ressemble. Puis lentement, il commence à remettre plusieurs numéros dans ma valise. Combien ? Dix ? Vingt ? Je ne sais pas mais la pile confisquée baisse sensiblement. Et Flynn d'ajouter pour le douanier que Hedy Lamarr est certainement l'une des plus belles femmes du monde. Ce dernier hésite, suspend ses gestes au-dessus de la pile avant de presser le magazine contre son cœur en disant, maintenant, ça suffit, allez-y. Et enfin il nous laisse passer.

Vient alors le tour de Silvia qui n'a évidemment rien manqué de tous ces échanges, de toute cette intimité offerte, déballée. Nous nous rangeons, nous l'attendons sur le côté. Elle avance seule, avec ses deux valises. Dedans, rien que des vêtements pliés avec méthode, pour Georges et pour elle, que le douanier remue superficiellement, l'air vaguement déçu de n'y trouver rien de suspect. Quand elle nous rejoint, le regard de Silvia est plein d'une stupéfaction jalouse parce qu'elle constate, une fois de plus, qu'aucun homme ne l'a ni précédée ni protégée.

Puis tandis qu'ils attendent sur le pont, des policiers arrivent avec Georges, son mari, d'autres hommes en ligne et menottés. Flynn s'écarte brusquement. Dans le hurlement des sirènes, ils les détachent un à un, sans haine et sans élan. Les mains de son mari reviennent devant lui, frottent ses poignets puis se tendent, s'ouvrent dans sa direction. Ses yeux se posent aussitôt sur les marques rouges autour de ses poignets puis sur la petite bouteille d'huile de lavande qu'elle n'a pas emportée et qui aurait certainement apaisé ses brûlures. Cette bouteille lui apparaît à côté du bateau, de la mer, du ciel, de la côte, de l'immense cheminée, une chose minuscule et précieuse, qui lui donne soudain la mesure de tout ce qui l'entoure et de tout ce qu'elle a perdu. Pourquoi l'avoir laissée sur la psyché alors qu'elle aurait pu la caser aisément n'importe où ? Et tandis que son esprit reste fixé sur la bouteille, la tablette, son visage dans le miroir, Silvia s'avance, la prend de vitesse et se jette fougueusement dans les bras de

Georges. C'est une scène de film qu'elle joue mal, son élan est forcé, armé par son dépit, mais elle ne me laisse pas le choix. Sous les yeux de Flynn, je fais comme elle, je m'avance lentement et j'ai envie de mourir quand mon ventre vient toucher celui de mon mari, quand le cœur de mon bébé vient battre contre ses mois d'absence et d'innocence.

J'attends un bébé, dit-elle. Elle qui avait imaginé déclarer solennellement devant sa psyché, nous allons avoir un enfant, bredouille une phrase toute plate sur le pont d'un bateau grouillant de gens hagards et agités, dans les hurlements des sirènes, les ordres criés de l'équipage au moment du départ, au point qu'il n'entend même pas ce qu'elle dit. Elle est obligée de répéter la nouvelle, dans le vacarme. Je suis enceinte de cinq mois, se dépêche-t-elle d'ajouter pour qu'il n'aille pas faire des calculs malheureux, indexer la durée de sa grossesse sur celle de son absence. Ses yeux privés de lumière et de grand air depuis deux mois luttent pour rester ouverts, se plissent, se contractent comme deux insectes noirs et vibratiles mais, entre ses cils, ses paupières instables, elle décèle une nuance plus douce. Malgré tout ça, je suis heureux, dit-il.

Et là, Maria, je me suis évanouie.

Quand elle entrouvre les yeux, elle demande où elle est. Sur un bateau, répond la voix de Flynn. Il pose une main sur son ventre tandis que l'autre saisit son pouls sans le chercher, en visant immédiatement au bon endroit. Sa jubilation intense la réveille, la ranime d'un coup, une fois de plus, sa main s'est avancée vers son corps, précise et sûre, et a vu au travers.

Elle discerne son visage puis une grappe de visages autour du sien, celui de son mari, de Silvia, de Georges. Jamais plus ce visage ne lui apparaîtra seul, ce sourire, ce regard astral au-dessus des champs de bataille où s'affrontent les vivants et les morts. Cinq mois et tu ne nous dis rien, proteste Silvia, d'une voix suave. Ce genre de malaise est sans gravité, dit Flynn, tout va bien, et soudain, à la fluidité qui se glisse dans ses gestes, une aisance au-delà de la familiarité et de l'expertise, tous les autres comprennent instantanément qu'il était le seul à partager son secret, que ce bébé et ce ventre imperceptibles existent sous ses doigts depuis cinq mois.

Toute la traversée s'est déroulée ainsi, Maria,

dans un mélange de joie et de tristesse, d'émerveillement et de déception, le visage de Flynn et celui de mon mari, l'Occident qui nous attend et mon pays natal qui s'éloigne, mon enfant et mes parents. Je sais que vous pouvez comprendre, Maria, c'est pour ça que je vous le raconte, bien que sur votre passeport, vous n'ayez jamais lu la mention *No return*, en lettres noires, serrées comme une barrette de bestioles qui, lorsque vous approchez les yeux, grouillent sur votre plaie vive, infectée. Tous les passagers devaient être aussi déchirés que moi, je ne dis pas, mais mon corps dilaté, agrandi par la grossesse, semblait accueillir, loger plus de peines et de dilemmes, la peau de mon ventre se tendre jusqu'à vraiment se déchirer.

Quand je croise Flynn dans les coursives du bateau, discrètement, je murmure, je vais me déchirer. Il sourit en faisant non de la tête mais sans plus poser une main sur moi, pas un doigt, rien. En l'absence de ce contact, de ses pressions douces qui retenaient le secret, mon ventre sort, s'arrondit de jour en jour. Il devient même le centre de notre petit groupe, son point de ralliement et d'espérance. À l'exception des siennes, toutes les mains s'avancent, le touchent, en épousent les contours comme ceux d'une boule de cristal à laquelle on souffle des questions avides ou des vœux : ce sera notre premier petit Français, il aura la peau blanche, les cheveux blonds, il sera grand, il parlera sans accent... On fait des paris sur le sexe du bébé, on envisage des prénoms mais Flynn se tient de plus en plus loin de ces conversations si bien que mon mari, chaque fois, doit aller le chercher, venez avec nous, docteur, dit-il, ne restez pas dans votre coin. Et chaque fois que je vois Flynn s'approcher sous les yeux jaloux et narquois de Silvia, je sais que j'aurai un fils auquel je ne pourrai pas donner d'autre prénom que le sien.

Onze jours plus tard, nous quittons le bateau. Nous descendons au milieu d'une forêt d'hommes en uniforme qui portent des pancartes, comme dans un jeu de piste, avec dessus des noms de villes, Paris, Gênes, d'autres qu'elle ne se rappelle pas. Son mari et elle se placent près de la pancarte qui indique Paris tandis que Flynn rejoint celle de Gênes, avec Georges et Silvia. C'est seulement une question de passeport, Maria, la France pour nous, l'Italie pour eux, c'était comme ça. Elle n'en a pris conscience que quelques heures avant de débarquer, alors que tout le monde en parlait, le déplorait, mais les conversations formaient un nuage que son esprit ne perçait pas.

La fatigue et la peine ont raison de toutes leurs étreintes. Personne n'a la force de prendre personne dans ses bras. Nous nous regardons de loin. Mon ventre pousse durement dans la direction de Flynn mais rien ne se voit que ce souffle imperceptible qui détend un visage d'agonisant épuisé par les souffrances, en une seconde, à l'insu même des plus proches, qui sont pourtant là depuis plusieurs jours et plusieurs nuits, qui n'ont pas quitté la chambre, le lit, mais qui, quand la mort survient, ont les yeux ailleurs, pensent à autre chose, la manquent, se persuadent que s'ils avaient été plus attentifs, s'ils avaient mieux regardé, ils l'auraient vue, en face, mais se trompent parce que ce souffle puissant et ténu qui sépare les vivants des morts, ou les vivants des vivants, on ne le saisit jamais, Maria, on le manque toujours. Personne ne perçoit ce qui nous lie et nous délie dans la même seconde, Flynn et moi.

Et là, Maria, allez savoir pourquoi, mais je ne m'évanouis pas.

III

Le 27 novembre 1967, dans toutes les autres maisons de France, les activités reprennent dans la minute qui suit la fin de la conférence. On éteint la télévision, on sort faire des courses, on vaque. Pour la plupart des Français, rien ne s'est produit de grave que quelques déclarations sur des dossiers de politique étrangère qui ne les concernent pas directement. L'Angleterre, l'Orient, le Québec. Personne ne fait le lien entre un discours et la vie de tous les jours, personne ne capte les incidences, ne les considère autrement que comme des particules en suspension qui ne retomberont pas et finiront par disparaître. Mais eux savent que c'est déjà arrivé. Là-bas. Ils savent qu'un discours de chef d'État peut se transformer en quelques mois et sans qu'on y prenne garde, en mesures, en adieux et en valises remplies à la hâte.

Dans l'obscurité, sa mère le secoue doucement, lui demande de se lever, de remonter à la maison. Pour ne pas brusquer ses yeux endormis, elle n'allume pas la lumière du palier. Il gravit les marches lentement, en rythme avec la quinte de toux qui secoue Maria quand elle referme sa porte. Je n'aime pas cette toux, dit sa mère dans son dos. Il se retourne plusieurs fois pour apercevoir sa silhouette dans la pénombre, scruter sa robe blanche dans la nuit, vérifier qu'elle porte toujours la trace de la tache de sauce tomate du déjeuner, qu'il s'agit bien de la même journée. Plusieurs fois il la perd de vue, se dit que cette scène, cette journée, cette tache n'ont pas eu lieu, comme d'ailleurs tout ce qu'il pense avoir vécu avant de remonter cet escalier.

Quand il se glisse enfin entre les draps de son lit, il heurte une forme ronde et dure. C'est le dos de sa petite sœur. Il se réjouit instantanément de ce contact chaud et familier. Son père l'aura mise là parce qu'elle se sera réveillée dans la soirée en pleurant, la bouche tordue sur les syllabes de son prénom.

Quand Maria avait passé quelques jours à l'hôpital et Pepito plusieurs nuits chez eux, sa mère avait déjà suggéré qu'ils dorment ensemble, tête-bêche. Elle avait dit ça gaiement, la voix soudain plus aiguë, tête-bêche, dans le couloir, pour consoler Pepito. Sans ménagement, il avait répondu, pas question, il n'y a que ma sœur qui ait le droit de dormir dans mon lit. Sa mère n'avait pas insisté et Pepito s'était allongé sur le matelas d'appoint. Dans les jours qui avaient suivi, il avait tenté de comprendre sa brutalité : pour lui, ce n'était pas seulement le souffle, les cheveux ou la peau qui se déposaient sur un drap, mais une pulsation plus globale, cohérente, le battement d'un trajet, d'une mémoire commune, d'un même sang que nulle part ailleurs que sur des draps blancs il ne visualisait mieux, au point même, quand elle dormait avec lui, de se réveiller parfois en sursaut pour vérifier que son lit n'était pas imbibé de liquide rouge.

Quand sa sœur se retourne vers lui, contre toute attente, il s'écarte. Il ferme les yeux. Pour la première fois, le sang qui coule en elle lui apparaît plus clair, plus frais que le sien, différent. Elle se rapproche davantage, envoie cette fois une jambe sur son ventre, puis les deux jambes. La veille encore, il se serait endormi dans l'odeur sèche et délicieuse de ses cheveux, se serait réjoui de sentir sa chair se fondre avec la sienne, mais là, sans réfléchir, il soulève et repousse violemment ses deux jambes. Elle ouvre ses yeux, le fixe dans le noir, quelques secondes à peine, pas plus de trois ou quatre, qui creusent une fosse, les rejettent chacun sur un bord. Au-dessus de l'abîme, le long de son regard fixe, son cri ondule sans un son ;

c'est un appel dans la chute qui s'enroule autour de lui comme ses petites jambes autour de son ventre, l'enserre tels les tentacules d'une pieuvre surgie du fond des mers. Cette fois, il la' repousse si fort qu'elle tombe du lit.

Si seulement, en allumant la lampe de chevet, il pouvait la découvrir éparse au sol, en mille morceaux, un vase brisé, mais non, dans le rond de lumière, elle est là, entière et immobile, sa jambe droite coincée sous le flanc. Z'été, zété, fait-il en agitant ses deux doigts au-dessus de sa tête, comme pour prêter un son à ce spectacle muet, faire bourdonner son petit corps rampant, lui donner des ailes. Il l'observe de longues minutes se tortiller pour sortir, débloquer cette jambe, pousser sur ses coudes pour se soulever, puis échouer, retomber lamentablement. Le visage à présent tourné vers lui, elle l'implore du regard mais il ne l'aide pas, ne tend pas une main vers elle. Alors il pince la peau de son dos pour qu'elle pleure, que quelqu'un d'autre vienne la secourir.

Un instant plus tard, sa mère accourt en chemise de nuit, échevelée. Sans un mot, elle la soulève d'un geste rageur. Bientôt, loin de lui, dans le couloir puis leur chambre, les pleurs se calment. Il l'imagine au milieu d'eux, apaisée, bien calée entre son père et sa mère, de source sûre, comprend que la peine rend méchant. Et si le tempérament de son père avait lui aussi viré après la prison, le bateau ? Et si de ce vent aigre on avait pu dire autrefois qu'il avait été doux ? Ce qu'ils avaient-z-été de tout temps, z'été, zété... Comment peuvent-ils dormir, ne pas entendre ? Z'été, zété... Le silence de la nuit avale, engloutit tout, et il pourrait se réveiller le lendemain sans rien se rappeler que la trace infime de ce bour-donnement, ce frottement d'ailes imperceptible au-dessus d'un lac redevenu paisible. Mais il ne trouve pas le sommeil, se rhabille, sort sans un bruit, dévale l'escalier. Quand il passe devant la porte de Pepito, il croit entendre Maria tousser. Instinctivement, il ralentit puis traverse en cou-rant les rues désertes jusqu'au parc.

C'est la première fois de sa vie qu'il est seul dehors, dans la nuit. Il escalade la balustrade sans bien voir où il met les mains, se souvient de la peinture écaillée, des éclats du bois abîmé, des échardes qu'au début ils s'enfonçaient systématiquement dans la peau des avant-bras, quand ils restaient accoudés là, Pepito et lui, comme sur le pont d'un bateau. En rentrant, ils se les retiraient mutuellement en goûtant pour soi et pour l'autre un plaisir acide qui distillait en eux la certitude que l'amitié les vouait à se faire du bien.

Il avance jusqu'au hêtre.

Sa forme, ses volumes, son odeur, ses reflets roux, même dans la nuit, il en reconnaît tout. Il s'approche, enjambe les filets déployés autour de l'arbre, puis, sans savoir si c'est à cause des blessures sur ses mains, de la peur ou du reste, il pleure. Sans bruit.

Il s'essuie les yeux, se penche comme si de rien n'était. Les mains bien à plat sur la terre humide, glacée, ses jambes se soulèvent dans son dos, viennent taper doucement contre l'écorce. Il guette ce bruit comme le son ténu d'un mécanisme qui s'enclenche chaque fois au même instant, au même endroit, celui d'une machine indéréglable. Une machine ne pleure pas, dit-il. La tête en bas, ses pleurs ne cessent pas, ses larmes ne montent pas dans l'air mais coulent encore et de plus belle le long de son front, dans ses cheveux. La gravité ne s'inverse pas, dit-il encore. Ses devises dans la nuit ne l'effraient pas, au contraire. Il compte à haute voix le temps qu'il tient, cinquante-cinq, cinquante-six, détache chaque mot, chaque syllabe pour forcer son souffle à se calmer, cinquante-sept... Jamais il n'a tenu si longtemps. Dans ses mains engourdies par le froid, s'il a des échardes, il ne les sent pas mais, les oreilles à quelques centimètres au-dessus, il croit les entendre qui s'enfoncent, pénètrent en vrillant dans sa peau. Il lui semble même que ses paumes bourdonnent : alors qu'il rêvait d'être un arbre, d'accéder à cette dignité d'un autre ordre, supérieure, végétale, il est peut-être devenu une bête lui aussi, une bête noire dans la nuit noire. Z'été, zété, bzzz...

À soixante secondes, il retombe.

Record battu, dit-il.

En rentrant, quand il traverse le salon, il bute de nouveau sur elle, masse molle dans la pénombre. Elle aura rampé jusque-là pour s'asseoir en tailleur, devant la télévision éteinte. Il ne distingue pas l'orange du pyjama, seulement du gris dans un gris plus dense. Il l'imagine avancer à la force de ses bras, de sa jambe gauche, traînant la droite, longue et lourde derrière elle, l'éponge râpant le sol.

Il la ramasse. Elle n'émet aucun son, se laisse emporter, comme si elle redoutait qu'au moindre bruit il ne la rejette de nouveau par terre, puisque, en l'espace de quelques heures, il en est devenu capable. Il remonte le couloir à toute vitesse, ses mains lui font mal, puis, sans réfléchir, au lieu de la remettre dans son lit, il entre dans la chambre de ses parents. Il la dépose à l'endroit même où il aurait envie de se mettre, au milieu d'eux, où il ne pourra plus jamais penser que c'est sa place, condamné à vivre avec une origine fendue, un socle fissuré. Sa mère ouvre les yeux vers lui, où tout ce qu'elle a confié à Maria se résume, rougeoie, fier et honteux à la fois, une braise qui ne s'enflamme pas, un sanglot sec qui n'éclate pas ni ne se déverse, ne se soulage pas, se laisse ravaler par l'air de la nuit. Effrayé, il regarde sa sœur allongée, la voit aussi horizontale qu'il est vertical, l'autre branche d'une croix durable qu'ils forment ensemble à l'insu de leurs parents.

Le lendemain, à table, ses mains meurtries attirent l'attention de son père. Que t'est-il arrivé ? Je me suis battu, ment-il parce qu'ils ne comprendraient pas qu'on s'attache à un arbre, qui plus est, qu'on sorte le retrouver dans la nuit. Ils ne regardent jamais ni les arbres ni les fleurs. Les seuls paysages naturels qui passent dans leurs récits sont la plage et la houle que fend le bateau, les brumes au loin, furtives. Et encore. Des hautes futaies du Général et des champs de colza, de l'odeur qui monte d'une terre sèche ou humide, ils ignorent tout, sans parler des nuances, de la déception au début de l'été quand le colza ne flamboie plus, quand il ternit, arbore un jaune éteint, une nuance de vert céladon et qui gâche tout. Et lui, comment les connaît-il ? Par des coupures de presse, des photos, des textes ici et là.

Mais pour ne pas mentir complètement, il précise, je me suis battu à cause de la conférence. Et son père de dire que lui aussi il a dû affronter des désaccords, il y a une heure à peine, au café, qu'il n'y est pas allé par quatre chemins.

Et si le Général disait vrai ? Ne sont-ils pas comme ça, après tout ? Et si c'était un compliment ? Ses amis hochent la tête, hésitent. Certains sourient mais, soudain, comme un seul homme, tous protestent, non, quand même, on ne peut pas le laisser dire ça de nous à tout le pays, au monde entier, nous le paierons cher, nous le payons toujours cher. En fait, moi, ce que je crois, leur répond-il avec assurance, c'est qu'il aimerait dire ça des Français et qu'à la place, il dit que ce sont des veaux. Il lâche le mot veau lourdement, à la fin de sa phrase, et il attend. Après un silence, l'un des amis répond : on a beau critiquer ses enfants, on les préfère toujours à ceux des autres surtout quand ceux des autres sont plus beaux et plus intelligents. Un autre surenchérit : oui, ceux-là, on les déteste jusqu'à souhaiter qu'ils crèvent. Et son père de prendre une voix pompeuse, grandiloquente : Certains même redoutaient que les Français, jusqu'alors dispersés, qui étaient restés ce qu'ils avaient été de tout temps, un peuple d'élite, sûr de lui-même et dominateur... Ses amis s'esclaffent, l'applaudissent. Debout près de la table, sa mère aussi éclate de rire. Dans ses bras, la petite s'agite doucement, sourit. Il ne rit pas et demande à son père s'il a bien dit « ce qu'ils avaient-z-été de tout temps ». Quoi ? Mais non, pourquoi ? Tu aurais dû. C'est ce qu'il a dit. Ils se regardent, interloqués, puis sa mère, soulagée, s'écrie, tu vois, je savais bien que c'était un compliment.

Il évite leur regard, baisse les yeux sur ses mains beaucoup plus écorchées qu'il ne le pensait, à vif, et, un instant, il croit les voir trembler, les entendre bourdonner encore. Bzzz. Il les presse autour du verre que sa mère lui sert. Tandis que l'eau monte le long des parois, la fraîcheur calme ses paumes. Tu t'es vraiment battu ? demande-t-elle. Avec qui ? Pourquoi ? Montre-moi tes mains. Son mensonge grandit, creuse une faille dans la maison.

Je me suis battu pour défendre le Général, ne pas laisser dire n'importe quoi à son sujet.

Tu as raison, répond-elle, il a sauvé la France tout de même.

Si, d'un regard, d'un baiser, ses paumes douces et lisses à plat sur les siennes, elle pouvait chasser le trouble, calmer le feu, lui assurer qu'il n'a rien entendu mais qu'il a rêvé, il les ouvrirait sur-le-champ. Qu'elle dépose la petite au sol et qu'elle plonge dans ses mains comme dans ses yeux, reconnaissante qu'il lui offre à la fois ce biais et cette occasion de rétablir la vérité. Mais il ferme les poings sous la table, dit qu'il n'a rien. Montre-moi tes mains, insiste-t-elle d'une voix sévère, cette fois mécontente, méfiante. Et tandis qu'elles remontent sur la table, s'ouvrent comme deux créatures autonomes, tellement autonomes qu'elles inventent, changent toute l'histoire, elle s'épouvante, on n'a pas idée de se battre et de se blesser ainsi, pour une simple émission de télévision.

Elle met la petite dans les bras de son père, va dans la salle de bains, puis revient avec des compresses et de l'alcool. Elle s'assoit, commence à scruter le détail de ses plaies comme on lit l'avenir. Combien étiez-vous ? demande-t-elle. Ils étaient deux contre moi. L'un parlait de la colère du Général au mois de juin, des concerts de klaxon dans les rues de Paris, de Marseille, de Strasbourg, de sa haine, ses insultes en allemand devant son poste. En allemand ? Pourquoi en allemand ? Quelle idée ! s'étonne-t-elle. Je ne sais pas, c'est ce qu'il a dit, et comme c'est le premier de la classe en allemand... Ah bon, ce n'est pas toi le premier ? demande-t-elle avec ce tremblement dans la voix qu'il décèle chaque fois qu'elle a peur qu'il démérite, descende d'une marche, ne hisse pas leurs couleurs, tout là-haut, sans eux mais grâce à eux, grâce à tout ce qu'ils attendent et qu'ils taisent. Non, c'est lui, c'est normal, sa mère est allemande. Il les disait avec l'accent, un accent parfait, Ungeziefer, Schaben. Schaben, reprend-elle, on ne dirait pas une insulte, qu'est-ce que ça veut dire ? Il attend puis répond : de la vermine, des blattes. Quelle horreur ! Au moins ici, nous n'en avons plus. Et sur le bateau, est-ce qu'il y en avait ? demande-t-il. Il paraît qu'il y a toujours beaucoup de cafards sur les bateaux. Elle relève la tête lentement. Ses paupières lui paraissent lourdes, chargées de tout ce qu'elle refuse de montrer, ses yeux plus grands que jamais quand ils se relèvent vers lui. Quoi ? Je ne me souviens plus, peut-être oui, dit-elle en plongeant de nouveau vers ses paumes, mais alors nous avions d'autres soucis. Surtout toi, réprime-t-il. Et de se retenir de décrire l'image qui lui apparaît, tous les passagers portant des manteaux et des valises noires, circulant dans les coursives tels des Schaben jetés à la mer, pour la rassurer un instant et dire qu'à son avis, le Général ne parlerait jamais comme ça, bien qu'il ait un allemand parfait, c'est connu.

La faille se creuse, se remplit de personnages, de scènes comme celles qu'elle aura évoquées hier soir, à travers le mur. S'il est capable d'en inventer de pareilles, sa mère ne le serait-elle pas plus encore, nourrie qu'elle est aux films américains avec grandes réceptions, robes du soir et pianos laqués noir ? Pourquoi ne pourrait-elle pas transformer le cauchemar en mélodrame flamboyant avec alternativement Barbara Stanwyck et Lana Turner dans le rôle phare ? C'est certain, pense-t-il, elle aura tout inventé. Et tandis qu'elle tapote la compresse imbibée d'alcool le long des lignes de ses mains, il se crispe, les imagine qui s'ouvrent et s'emplissent de mille insectes grouillants comme lors de ce cours d'allemand où, pendant une heure, avec le professeur, ils examinent tous ces mots qui prolifèrent sur les pages de leur livre, au tableau, puis sur leur cahier, entre leurs doigts quand ils les écrivent, de petits monticules noirs, das Ungeziefer, die Schaben, vermine, insecte, cancrelat, scarabée, au point de les sentir, telles des démangeaisons, des fourmis dans ses doigts, puis dans tout le corps, jusqu'aux tempes, jusqu'aux paupières qu'il doit fermer sur une nuit mouchetée, une neige grise comme lorsque les programmes s'arrêtent à la télévision. Ses mains dans celles de sa mère, voilà que les insectes bourdonnent à présent, Ungezzzziefer, fait-il tout bas en allongeant le *z*, en traînant dessus, longtemps, gezzzzz. Je te fais mal ? demande-t-elle. Oui. Gzzzzz.

Quand il leur a annoncé qu'il voulait apprendre l'allemand, ils ont refusé tout net. Il a dû argumenter, batailler plusieurs semaines devant leurs yeux ronds, incrédules, tu ne vas quand même pas parler cette langue. À la fin de l'année, ils prennent rendez-vous avec le directeur de l'école primaire. Ce serait dommage de l'en priver, répond celui-ci, déçu de découvrir son père aux côtés de sa mère, de ne pas la recevoir seule, de devoir loucher sur ses sandales en hochant la tête vers un groupe de garçons, massés dans un coin du préau, les germanistes, le futur groupe d'allemand, petit, forcément, l'allemand est très sélectif, vous savez, seulement réservé aux meilleurs, n'entrevoir la nacre rose de ses ongles que dans le vent de ce hochement. Mais aussitôt son père souhaite que son fils soit inclus dans ce hochement, d'autant plus qu'il éclipse le coup d'œil lubrique qu'il a peut-être décelé juste avant. C'est entendu alors, dit-il. Tandis que Pepito n'allait faire que de l'anglais, comme tout le monde, il allait faire de l'allemand, être germaniste. Après tout, conclut sa mère, c'était aussi la première langue de Marlene Dietrich et de Hedy Lamarr. Dietrich, évidemment, observe le directeur, mais Hedy Lamarr, vous en êtes sûre ? Oui, oui, elle était de Vienne, ajoute-t-elle. Vous a-t-on déjà dit que vous lui ressembliez ? Oui, une fois. Elle rougit et prétend qu'elle a chaud, que, pour un mois de juin, il fait déjà si chaud, n'est-ce pas, une chaleur anormale ?

Sans remuer la tête, elle lève de nouveau les yeux vers lui. Il se demande si elle va pleurer ou lui demander de se taire, cesser de raconter n'importe quoi, mais elle ne dit rien, imbibe une autre compresse et recommence à désinfecter ses plaies. Mais ce n'est pas tout, reprend-il, ils étaient deux et l'autre gars l'a traité de « salaud qui nous a lâchés ». Qui ? Le Général. Il a dit, on ne peut plus compter sur lui, il est devenu notre ennemi, la France, pour nous, c'est fini. Il s'arrête. Donc les deux ne disaient pas la même chose ? s'étonne sa mère en ralentissant ses gestes. Comment se battre avec des gens qui ne sont même pas d'accord entre eux ? Il la soupçonne de vouloir changer de sujet en situant les choses sur un plan général. Il hoche la tête mais elle ne le voit pas tandis que, depuis les genoux de son père, sa sœur tend le cou, cherche à voir ce qu'il y a sous les compresses et les doigts délicats de sa mère dans ses paumes. Ils ne répondent pas. Mais vous aussi, vous l'avez dit, ajoute-t-il après un moment. Quoi ? demande-t-elle. Que la France, c'est fini. Quand est-ce qu'on part ? Ah, non, tu ne vas pas t'y mettre toi aussi ! s'écrie son père. La petite sursaute. Ce ne sont pas des affaires de ton âge, poursuit-il, déjà que tout le monde monte sur ses grands chevaux, le Aaron, toutes mes bêtes noires, tout le monde galope. Les yeux de sa sœur s'assombrissent, l'implorent. Il ignore ce qu'il y a dans cette supplique, qu'il la prenne dans ses bras, l'arrache à ce père décidément si nerveux, ou lui montre l'intérieur de ses mains. Et toi, qu'est-ce que tu leur as répondu ? demande sa mère. Que c'est un héros pour son pays, dit-il à toute vitesse, et que les pays n'ont pas d'amis, seulement des intérêts. Elle remue la tête de haut en bas, de gauche à droite, n'y comprend rien. Il ne cherche pas à expliciter sa pensée, répète seulement un peu plus lentement, les pays n'ont pas d'amis, seulement des intérêts. Ce ne sont vraiment pas tes affaires ! Contente-toi d'être le premier partout et d'en avoir, toi, des amis, conclut son père, tandis que sa mère finit par demander : et qui a gagné ? Gagné quoi ? La bagarre ! Moi ! Regarde, je n'ai que quelques écorchures alors qu'eux, si tu avais vu leur visage… Elle réprime un sourire. Et lui, de profiter de sa fierté pour lui reprendre ses mains, encercler chacun de ses poignets, les masser lentement l'un après l'autre, comme un homme à qui on retire des menottes. Un bon fils ne la harcèlerait pas ainsi. Sans cesser ses gestes, il lui demande si elle n'a pas un peu d'huile de lavande. C'est un monstre dans leur salon, un intrus, une créature diabolique, engendrée selon d'autres normes, d'autres espèces, une croix, une malédiction. Pourquoi ? murmure-t-elle d'une voix inaudible. L'infirmière du collège m'a conseillé d'en mettre. L'huile de lavande convient aux brûlures, pas aux plaies ouvertes, répond-elle. S'il te plaît, dit-il en continuant à se caresser les poignets sous ses yeux. Il sait que son geste est obscène, il revoit les doigts de Pepito entre ses orteils, la première fois en bas de l'immeuble, d'autres mains que les siennes s'immiscer là où elles ne devraient pas. Comme elle aussi certainement qui n'insiste pas, cède, se lève. Je croyais que tu l'avais oubliée là-bas, dit-il en fixant la petite bouteille avec laquelle elle réapparaît.

Elle pâlit, lâche le flacon.

L'odeur de lavande envahit tout. Ce n'est plus une tache par terre, se dit-il, c'est une infection, le juste tribut du mensonge et de l'ingénuité. Pendant des jours et à cause de lui, le canapé, le tapis, leurs vêtements, leurs cheveux en sont imprégnés. Au point qu'on ne le signale même plus et que ce qu'on n'ose qualifier de puanteur devient une occasion supplémentaire de se taire. À l'exception de Maria qui se met à tousser dès qu'ils entrent chez elle tout en se félicitant que la lavande chasse les poux. Quels poux, Maria, quels poux ? dit sa mère. Vous savez bien, les enfants ramènent toujours des poux, sans oser charger l'un des deux garçons plus que l'autre mais convaincue que les poux viennent de la chevelure la plus dure, de la sienne plus probablement que des boucles souples et aérées de Pepito qui finissent quand même à cause de lui par être toujours coupées, réduites au sol par les ciseaux de Maria et que, la première fois, alors qu'ils sont amis depuis peu, il se baisse pour toucher, caresser, comme on s'agenouille auprès d'un petit animal doux et injustement frappé, sous les yeux ahuris de Pepito et de

Maria. Non, c'est bien fini cette époque, Maria, à présent, nos petits ont grandi, ils n'auront plus de poux. Il a envie d'ajouter que sa sœur, à son tour, avec les cheveux qu'elle a, en ramènera et les contaminera ; qu'elle a beau faire comme si elle ne risquait rien, des cheveux si fins, il imagine déjà leurs séances quotidiennes, l'ongle de son pouce fendant l'insecte dans le lavabo, le crevant en son milieu sur toute sa longueur dans un geste hargneux et réjoui pour faire gicler le sang sur l'émail blanc, le montrer à la petite, donner une matière à ce combat, ce fléau.

Pepito surgit de sa chambre, le questionne sur la bagarre, le lieu, le nom des assaillants mais il prête moins d'attention à ses phrases qu'à ses cheveux qui lui paraissent soudain longs comme ceux d'une fille. Ses réponses sont laconiques, tronquées, et pourtant, malgré les jours qui passent, les images demeurent, celles d'une histoire réelle, bénéfique, qui lui aura fait retrouver ce qu'il a perdu, son héros, sa famille. La lavande aura au moins eu le mérite d'immuniser sa maison : ni les poux ni les Schaben n'entreront plus dans leur salon. Ni aucune autre bête qu'on aurait envie de chasser.

Quelques jours après la conférence, lors d'un trajet en voiture, son père décide d'acheter une nouvelle télévision, en couleur cette fois. Déjà ? demande sa mère. C'est une folie hors de prix. Personne n'en a autour de nous, attendons un peu. Qu'à cela ne tienne, nous serons les premiers, répond-il. Une grâce opère, libère entre eux un air doux et frais, une reconnaissance qui la désarme, lui arrache un sourire tendre. Elle tourne la tête vers cet homme toujours prêt à décrocher la dernière lune de l'Occident. Avec tout ce que doit subir la petite, ajoute-t-il, ça l'aidera. Les images en couleur remplaceront effectivement le spectacle des robes que Maria ne lui fera pas. On pourra lui proposer de monter la regarder de temps en temps, suggère-t-il. Maria est trop fatiguée pour grimper les étages, répond-elle, mais on ne sait jamais, en l'aidant...

À l'arrière de la voiture, la petite sur les genoux, il écoute. Fatiguée ou pas, c'est rarement Maria qui monte, à l'exception du jour de la naissance de sa sœur, c'est le seul souvenir qu'il en ait, mais toujours sa mère qui descend dans l'antre, la cabine, la cave aux secrets. Et quand, par hasard, Maria croise son père dans l'immeuble, ce mouvement descendant se poursuit encore : elle baisse les yeux, docile, ancillaire, tandis qu'il fuit son regard, continue à monter, comme pour ne pas y voir toutes les images de nudité qu'il contient. Mais Maria ne sort presque plus ces derniers temps. Elle envoie systématiquement Pepito faire les courses et il suffit qu'il l'aperçoive par la fenêtre pour qu'il coure le rejoindre et l'accompagne jusqu'au supermarché. Sur le chemin du retour, il lui fait faire un détour par le parc tandis que Pepito proteste, invoque l'heure tardive, sa mère qui l'attend, mais il obtient toujours gain de cause.

Au pied du hêtre, ils déposent les provisions, et il dit, allez. Invariablement, Pepito agite ses jambes en l'air mais elles ne montent pas tandis que les siennes se lancent instantanément à la verticale, se rejoignent telles les deux aiguilles d'une horloge, jusqu'au petit clic final contre l'écorce du tronc, à midi tapant. Que feras-tu lorsqu'ils l'auront abattu ? lance un soir Pepito, dépité. Tête en bas et sans se troubler, il répond qu'il tiendra seul, par la seule force de son corps, qu'il sera l'arbre à la place de l'arbre, mais Pepito ne l'entend pas et doit misérablement se baisser pour recueillir ses paroles au ras du sol.

Sa sœur pèse sur ses genoux. Sa tête, ses cheveux épais l'empêchent de bien voir les rétroviseurs, les yeux de ses parents. Entre leurs voix d'accord entre elles, il n'ose pas glisser que ce nouveau poste sera le rendez-vous des malades ni qu'en cas de départ précipité, c'est un objet encombrant, plus lourd que toutes les valises bourrées de tous les magazines, une chose vouée à ne pas être emportée. Comme ses grands-parents, vieux et fatigués, comme sa sœur, si elle est plâtrée ou opérée.

En quittant le parc ce soir-là, Pepito répète la phrase : les hommes ne sont pas des arbres, ils n'ont pas de racines mais des pieds. C'est leur professeur d'histoire qui la prononce un matin, et Pepito, l'œil réjoui et narquois, s'en saisit comme si elle n'était dite que pour eux. Tu vois ! fait-il. Non, je ne vois pas, répond-il d'un hochement d'épaules. Mais en rentrant à la maison, il se dépêche de noter la phrase dans son cahier, pour qu'elle bouge, étale son mensonge sur la page, se convainc qu'avec des phrases aussi nobles, des images aussi frappantes, on peut luxer les esprits, couper des jambes. Que le professeur d'histoire, aussi savant et érudit qu'il soit, ignore tout du moment où on quitte son pays, où on est chassé de son pays, ne sait pas de quoi il parle.

La bouche dans les cheveux de sa sœur, sur la banquette arrière, il répète les deux mots que sa mère prononce en rentrant de l'hôpital, le jour de la conférence. Pourquoi ? Il ne le sait pas, si ce n'est que les cheveux de sa sœur, tel un buvard, absorbent ses phrases, ses pensées les plus tenaces et les moins articulées, tout ce qu'il grommelle. Choc émotionnel. Les syllabes s'agglomèrent, en rythme, retrouvent la fusion, le fondu qu'elle leur a donnés juste avant le déjeuner, ne forment plus qu'un seul mot, long, obscur, qui ne montre rien, duquel rien ne s'échappe. Chokémotionnel. Personne ne l'entend que la petite qui attrape sa main, serre ses doigts. Il la laisse faire mais, depuis quelques jours, il ne peut plus serrer les siens ailleurs qu'autour de ses minuscules poignets.

Dans le magasin d'électroménager, le vendeur les reconnaît aussitôt. Je me souviens très bien de vous, vous portiez une robe rose, vous l'attendiez, dit-il à sa mère en désignant la petite dans la poussette. Il n'ajoute pas que son nombril saillait sous la robe moulante, mais peut-être le voit-il resurgir, comme lui, instantanément. Quel âge a-t-elle ? demande-t-il. Seize mois, répond-elle. C'est qu'elle doit marcher alors, la demoiselle ? Pas encore. Ah bon ? La mienne a marché à onze mois. Eh bien, pas elle. Il attend, guette, se demande si elle va raconter toute l'histoire, ou se contenter de paroles évasives alors que le vendeur la regarde avec des yeux charmants, qu'elle est si contente de lui montrer enfin sa vraie silhouette, mince, galbée, de lui faire oublier le cylindre qu'elle était jadis, son nombril bombé sous la laine rose, parce qu'aujourd'hui, sous son manteau, elle porte encore sa robe Cora, sa magnifique robe Cora, celle qu'elle a mise pour fêter la fin de la guerre, la victoire, avec le petit nœud cravate délicatement tendu à la base du cou. Une robe d'été qu'elle porte en toute saison, parce que,

Maria, là-bas, nous n'avions pas d'hiver. Comme à Hollywood, juin ou novembre, c'était pareil. Si elle pouvait, elle la mettrait encore plus souvent, mais chaque fois il lui faut la laver pour qu'elle retrouve l'éclat pur de l'ivoire. Il n'osera jamais lui demander ce qu'elle a fait de l'autre robe d'Irene, la longue, trop longue pour être contenue par l'une des deux valises, trop précieuse pour être laissée dans l'appartement, pendue à un cintre, les étoiles scintillant sur le plissé accordéon, dans la nuit épaisse, opaque comme celle du fond des mers, sans lune pour la percer, sans rien, puis lassées de scintiller pour rien ni personne. Elle l'aura confiée à son père pour qu'il la donne à nettoyer chez un professionnel et il lui aura tendu le reçu avec insistance, tenant à ce qu'elle l'emporte avec elle pour conjurer le sort, espérer qu'elle revienne un jour chercher la robe débarrassée, lavée de ses taches vermillon, qu'elle fasse céder la mention *No return* comme un verrou. Ou alors, elle l'aura brûlée, comme Marlene Dietrich dans le film de Hitchcock, sans l'ombre d'une hésitation, malgré le merveilleux souvenir de la soirée parti en fumée avec le jersey de soie.

Le vendeur doit sentir qu'il l'a froissée, si bien qu'il allonge le bras et vient poser sa main sur les cheveux de la petite mais ses doigts se bloquent dedans. Pris dans la mousse épaisse et drue, ils ne glissent pas, ne caressent pas. Elle marchera bientôt, dit-il, gêné, chacun son rythme. On doit d'abord l'opérer, réplique-t-elle. Son père s'éloigne vers le fond du magasin, arpente l'allée des postes en couleur. C'est pour ça qu'on est là, pour que la couleur l'aide à passer le temps. Elle devra rester allongée plusieurs mois. Je comprends, la pauvre petite, dit le vendeur, mais avec la couleur… C'était un grand moment, vous savez. Quoi ? L'apparition de la couleur. Vous l'avez vue en direct ? Mais oui, il y avait le ministre, les inventeurs, et c'est arrivé, du rouge, du vert, du bleu, là, sous nos yeux. Vous en avez de la chance, dit-elle, l'air réjoui. Il a envie de s'interposer, de lui signaler que ce n'est pas un médecin mais un simple vendeur de télévisions. Suivez-moi, dit-il en se dirigeant vers l'endroit où est son père. Quand était-ce ? demande-t-elle en manœuvrant la poussette dans le rayon. En octobre, madame, le 1er octobre 1967, à 14 h 15. Une grande date.

C'était avant la conférence, pense-t-il, en voyant onduler sous ses yeux, comme sur l'un des écrans exposés, la ligne du temps désormais fracturée, coupée en deux.

Les livreurs expliquent que le vendeur leur a demandé de mettre un nœud en satin rose sur le poste pour signifier à la petite que c'était un cadeau pour elle. Sa mère les remercie et leur demande en retour de l'installer sans l'allumer car son mari souhaite le faire lui-même. Elle ne peut s'empêcher d'ajouter fièrement qu'ils sont les seuls de l'immeuble et de tout le quartier à disposer d'un poste en couleur. Elle pavoise encore davantage lorsqu'ils repartent avec le téléviseur noir et blanc, s'exclame qu'on n'arrête pas le progrès comme si le progrès marchait dans la pièce et sous leurs yeux.

Pendant un long moment après le départ des livreurs, ils restent tous les trois immobiles devant l'écran éteint : sa mère et lui sur le canapé, sa sœur au sol, sur le tapis, avec son doudou vert entre les jambes. Puis elle se retourne et rampe à toute vitesse jusqu'au canapé en ânonnant son prénom. Elle n'en déforme plus les syllabes à présent, n'y glisse rien qui pourrait les assourdir, les obscurcir ou les profiler vers un autre visage que le sien, son grand frère chéri. Et touché par ce signe clair et plein, il lui tend la main, l'aide à monter, l'assoit entre sa mère et lui.

Elle est la seule ici à ne rien savoir de ce qu'il a entendu l'autre soir. De nouveau, il regarde leurs trois silhouettes se refléter sur l'écran, grises sur fond gris, cette fois jointes, unies, comme sorties d'un même bloc de pierre. Même la touche de vert céladon lui semble tendre. Il sourit, attrape un coin du doudou. Puis la main de sa mère défait le petit nœud cravate de son col, cherche un peu d'aise pour profiter de ce moment. Ses ongles vernis de rouge pincent le camaïeu gris et bombé de l'écran : les images de la vraie vie précèdent toujours celles de la télévision, se dit-il.

Quelques minutes plus tard, il semble qu'ils n'aient pas bougé, que son père soit le seul corps en mouvement dans le salon, tournant autour du poste, se baissant vers la prise, se relevant vers l'antenne. Et voici… la couleur ! déclare-t-il en allumant. Nous allons enfin voir les hommes tels qu'ils sont.

La petite pousse un cri de joie.

Dans la lumière d'hiver, les couleurs n'ont rien de naturel. Au contraire, elles formeraient même des blocs lourds, artificiels, plaqués. Étant donné la dépense, il doit contenir sa déception, n'en rien dire. Et les films en noir et blanc ? s'inquiète-t-il. Ceux-là resteront en noir et blanc, répond son père. Dieu merci, on ne verra jamais la couleur de la robe de Marlene Dietrich dans *Stage Fright*, ajoute sa mère, comme s'il savait de quoi elle parlait précisément, comme si, avec elle, ils veillaient sur un trésor. Heureusement que certains mystères demeurent. Elle rattache son nœud cravate. Et la prochaine fois que le Général apparaîtra, sera-t-il en couleur ? poursuit-il. Il n'y aura pas de prochaine fois. Ils l'ont dit ensemble, d'une même voix, et pour les rejoindre dans cet élan, sans réfléchir, il file dans sa chambre, ramasse les papiers et les coupures qui sont sous son lit, les fourre dans un grand sac.

Un instant plus tard, il propose à Pepito de l'accompagner, lui promet une chose spéciale, du spectacle, mieux que la télévision en couleur. Du Technicolor grandeur nature.

Près du hêtre pourpre, il renverse lentement le contenu du sac puis s'assoit devant en tailleur. Il allume une allumette puis deux puis trois. Le tas de papiers s'embrase, les flammes montent haut dans la lumière d'hiver, plus haut qu'elles ne le devraient, pense-t-il. Debout, Pepito regarde le bûcher d'un air médusé, demande plusieurs fois pourquoi. Malgré l'absence de réponse, ses traits ne se tendent pas. Il finit par s'asseoir, comme soulagé d'être dans le parc sans devoir se livrer à des acrobaties, sans avoir à subir de pression ; il goûte cette chaleur qui lutte contre le froid sec et l'enveloppe.

Le nom et le visage du Général se tordent, ceux d'Aaron, de ses ministres, Malraux, Debré aussi, les champs de colza, les motifs du plafond de l'Opéra, jusqu'à former de minuscules filaments noirs, élastiques, qui s'étirent, tournoient, convulsent dans les flammes. Puis, quand le brasier n'est plus qu'un tas de cendres fumantes, il bascule sur les mains. Ah non ! s'écrie Pepito, mais il s'en moque. Ses bras, son dos, son abdomen sont de plus en plus forts. Un seul os pousse depuis ses hanches jusqu'à ses pieds, continu, soudé, tendu à l'extrême. Il reste vertical jusqu'à soixante-cinq, ne ressent plus aucune douleur dans ses mains, et parvient même à décoller ses jambes du tronc. Il tient seul désormais.

Quand il retombe sur ses pieds, seul le regard noir de Pepito l'empêche de crier sa joie. Comme l'effort physique creuse l'appétit, le récit de sa mère a creusé en lui une cavité, un vide qui l'allège. Ce garçon est un mirage, a récemment dit un professeur à son sujet dans un couloir du collège, même quand on le voit, même quand il est là, il n'est pas là.

Pepito se relève, agacé, lui avoue qu'il en a assez, qu'il rêve que l'arbre tout entier se consume, parte lui aussi en fumée. Que c'est la dernière fois qu'il le traîne jusqu'ici, qu'il n'est pas son ami pour assister à ses exploits. Mais qu'importe ce que pense Pepito. Ce soir-là, quand il se couche, il a le sentiment d'avoir nettoyé l'espace sous son lit et, avec lui, toute sa famille, enfin purifiée, débarrassée des bestioles et des idoles.

Pour fêter la nouvelle télévision, on projette d'inviter Pepito et Maria à regarder un film. Son père veut aller le leur proposer lui-même pour une fois mais sa mère le stoppe net et descend. Arrivée dans le salon de Maria, elle prononce ce mot comme si c'était son invention, le nom d'un brevet personnel qu'elle concède temporairement aux autres en en soufflant chaque syllabe. Tech-ni-co-lor. Les flammes hautes reviennent instan-tanément danser dans la pièce. 20 h 30 précises, dit-elle en caressant les cheveux de Pepito.

On range, on s'active dans toute la maison comme si on attendait des invités de marque. Puis on couche la petite qui quitte le salon à regret dans les bras de son père. Elle se tortille, étire son regard jusqu'à la dernière seconde pour croiser le sien, mais il s'esquive, annonce qu'il est l'heure, qu'il descend les chercher. Sa sœur l'appelle, les syllabes de son prénom lui parvenant désormais claires et nettes depuis le fond du couloir, mais la fierté qu'il perçoit dans sa voix déclenche sa gêne, un sentiment d'obscénité qui lui fait regret-ter son babil, lui donne chaque fois envie de fuir ce prénom maudit. Va lui dire bonsoir, s'écrie sa mère, mais non, il est déjà dans l'escalier.

Les doigts de Maria s'agrippent à la rampe. Jamais il n'a pu les regarder aussi nettement que là, puisqu'ils filaient, couraient sur les tissus, les épaules, la taille de sa mère, jamais à l'arrêt, toujours à l'affût, légers, agiles, tandis que, là, sous ses yeux, ils enserrent le cylindre métallique comme des griffes ou des os desquels on aurait retiré toute la chair. Il la suit avec Pepito, une marche après l'autre, lentement, fixe les motifs du lino gris clair de la cage d'escalier, plisse les yeux. Là-bas, nous avions du marbre, dit parfois sa mère. L'été, quand on avait trop chaud, on enlevait nos chaussures, on collait la plante de nos pieds, jusqu'à en écraser totalement la voûte, et on s'arrêtait sur une marche ; c'était frais. De là, pense-t-il, cette manie qu'ils ont de vivre entre les étages, de monter et de descendre constamment. « En dépit du flot tantôt montant tantôt descendant... » La minuterie s'éteint plusieurs fois. C'est chaque fois lui qui la rallume, pourtant, à la quatrième, il ne se précipite pas sur l'interrupteur, laisse les deux autres en arrêt sur les marches jusqu'à percevoir le halètement plus saccadé, le souffle inquiet de Maria. Agacé, Pepito le bouscule et enfonce le bouton d'un geste brusque.

Imitation of Life, leur annonce gaiement sa mère en ouvrant la porte. Entrez, entrez. En un clin d'œil, tous remarquent sa nouvelle robe, une robe imprimée que Maria n'a pas faite. C'est le premier film que j'ai vu ici, sur les Champs-Élysées. Nous avions toutes les peines du monde mais on s'offrait quand même quelques plaisirs. Ensuite, je l'ai revu, je ne sais où. Avec mon amie Silvia peut-être, quand elle est venue à Paris. Silvia ? Tu n'en parles jamais, dit-il. Qui est-elle ? Où est-elle ? Ici, en France ? Non, répond-elle. Où alors ? En Italie, enfin non, nulle part, elle est morte. Il attend qu'elle évoque les conditions de sa mort, la trace de son chagrin, mais elle ne dit rien. Il insiste. Que veux-tu que je te dise ? Elle est morte, voilà tout, ne revenons pas sur le passé, et, avec son accent parfait, les yeux fixés sur l'écran, elle chante : What is love without the giving, Without love you're only living, An imitation, an imitation of life. Pepito s'approche d'elle, réjoui, puis, comme s'il allait se brûler, il recule. Ses grands yeux chocolat sont sur le point de fondre. Un jour, ils fondront, pense-t-il, comme des yeux gelés, ils dégèleront et son regard coulera. Les costumes sont de Jean Louis, reprend sa mère, Jean-Louis Berthault, Maria, vous savez bien, celui qui a fait le fourreau de Gilda, mais se ravise aussitôt, n'en parlons pas, Maria, venez ici, installez-vous confortablement. Et tandis que les deux garçons s'assoient en tailleur sur le tapis, elle cale des coussins dans le dos de Maria, sur le canapé. Son père surgit, annonce qu'il sort. Mais pourquoi ne restes-tu pas avec nous ? s'étonne-t-elle. C'est un film pour vous, mesdames, pas pour moi. Il ne répond pas au regard un peu outré de Pepito qui refuse d'être assimilé à une dame, espère son secours, mais rien ne vient. Ses pensées cavalent, se fixent sur la conclusion que décidément, son père et Maria ne restent jamais ensemble dans la même pièce, que c'est soit l'un soit l'autre. D'ailleurs, sa mère ne cherche pas à le retenir. Elle le laisse s'éloigner comme elle l'a laissé s'éloigner pendant la soirée de Silvia, parce qu'il y avait Flynn, puis certainement, sur le bateau, dès que s'approchait Flynn ou, au moment d'accoucher, préférant rester seule avec ses souvenirs, sa peine et son bébé, aux mains d'un parfait étranger, un médecin français qui la considère comme n'importe quelle femme française et qui réussit peut-être de ce seul fait à couper son chagrin d'un soupçon de fierté.

Le générique commence. Une pluie de cristaux emplit peu à peu le fond noir de l'écran. Les femmes sont-elles toujours condamnées à mettre leurs enfants au monde dans le noir, sans voir ? Un film pour vous, mesdames, a dit son père. Vont-elles au cinéma pour cela, voir dans le noir ? Regardent-elles la télévision pour cette raison ? Remplacent-elles les images qu'elles produisent par d'autres images, ces scènes invisibles à l'œil nu de leur vraie vie, par des scènes en Technicolor ? Et que son père refuse de voir au prétexte qu'il n'y aurait dedans que des robes et des bijoux ? S'il savait.

Les couleurs sont si fortes qu'on pourrait presque plisser les yeux dessus. Lèvres, ongles, fauteuils, tout se compose, tout s'assortit. Le film déroule ses tableaux comme des cartes postales envoyées d'Amérique, une Amérique de rêve, la pointe ultime d'un Occident flamboyant, confortable, moelleux, des oreillers, un petit déjeuner copieux, un verre de lait. Lana Turner se change à chaque scène. Sa mère s'exclame à tout bout de champ tandis que Maria n'émet qu'un son de temps en temps, puis ajoute, c'est beau mais c'est difficile, je ne saurai peut-être pas... Mais si, mais si, dit sa mère, vous pouvez tout faire, Maria, vous êtes une couturière hors pair. Autrefois, vous disiez costumière. Oui, une costumière hors pair, bien sûr, mais si vous continuez comme ça, Maria, je vais devoir faire comme à Hollywood, après la période des studios, m'habiller dans les boutiques. Comme Janet Leigh dans *Psycho*, sauf que Hitchcock l'a fait exprès, il voulait qu'elle porte de vrais habits de secrétaire, pas les costumes d'Edith Head. Quand même, quelle tristesse le prêt-à-porter, Maria, regardez donc, dit-elle en désignant sa robe, me voilà même avec une robe imprimée, qui l'aurait cru ? Heureusement qu'elle meurt au début du film car sinon on aurait eu un défilé de robes ordinaires. Qui ? Janet Leigh ! Il n'en revient pas qu'elle soit aussi cruelle, sans pitié pour Maria, ni qu'elle sache tout ce qu'elle sait. Mais vous allez vous remettre, Maria, se reprend-elle, et nous rattraperons le retard, au moins pour distraire la petite quand elle sera à l'hôpital. Quand y va-t-elle ? Bientôt, Maria, dans quelques jours. La pauvre petite. Comme vous dites, mais après, elle pourra marcher et, vous savez quoi, Maria ? Quand elle marchera, nous lui ferons une grande fête et vous me ferez une robe tout à fait spéciale. Regardez, attendez, oui, celle-ci, exactement la même, Maria ! dit-elle en se levant, le doigt pointé vers l'écran. Une mousseline de soie blanche avec une longue écharpe et une ceinture bleues. Il se retourne. Maria fronce les sourcils. Vous voulez dire vertes ? rectifie-t-elle. Non, bleues, Maria, elles sont bleues, c'est évident… Moi, je les vois vertes, tout ce qu'il y a de plus vert. Vertes ? Mais c'est impossible ! Comme vous n'aimez pas le vert, vous ne le voyez jamais, insiste Maria. Et les voilà qui, sans égards pour la maladie, la fatigue ou les dialogues du film, se chamaillent de nouveau sur les différences subtiles entre un bleu et un vert canard.

L'écharpe est verte, déclare Pepito en se contenant de tourner vers lui un visage qui rougit de constater qu'il parle chiffons avec les dames. Mais alors que la robe a définitivement disparu de l'écran, sa mère concède que la particularité du bleu canard, c'est qu'il vire peut-être au vert imperceptiblement. C'est une sorte de couleur à deux noms, dit-elle, la seule de son espèce. La petite portera une robe de la même couleur que les rubans de ma robe, nous serons assorties, et vous lui ferez sa robe, Maria, sa première robe. Quelle joie. Tant qu'elle ne marche pas, c'est inutile, mais l'an prochain, Maria, quand elle sera sur pied, tout sera différent. Il n'ose pas l'interrompre pour lui demander si elle ne pourrait pas plutôt envisager de finir le fourreau noir au lieu de rêver toujours à de nouveaux modèles, ni encore moins, si, à cette fête, elle compte inviter Robert Taylor.

À la fin du film, tout le monde pleure. Il laisse couler ses larmes sur le tapis, se contente de baisser la tête pour les cacher. C'est la troisième fois et je pleure toujours autant, dit sa mère, enfin, non, pas autant que la deuxième, avec Silvia, qu'est-ce qu'on a pleuré. Enfin, on a bien le droit de pleurer sur ceux qu'on aime. Si on ne pleure pas là, où pleure-t-on ? Quand mon père est mort, j'ai tellement pleuré. Ce qui lui revient pourtant, c'est son visage sans larmes quand, au téléphone, ses traits ont vrillé. Une mimique brève, imperceptible, un rictus sec sur le visage de sa mère qui soudain lui semble le portrait craché de ce grand-père dont il regarde la photo sans la voir depuis des années. Un rictus aussi sec que celui qui a dû défaire les traits du vieil homme quand il est mort, trancher le nœud pour redonner aux fils enchevêtrés de la souffrance et de la vie leur fluidité, leur coulant. Et qui libérera ceux de sa mère à la seconde où elle s'éteindra devant lui s'il est toujours devant elle, s'il n'est pas parti dans un autre pays, au-delà des mers, encore plus loin vers l'ouest. Et peut-être sera-t-il alors comme elle au téléphone, en train de recevoir la nouvelle sous les yeux d'un autre enfant, de très loin, d'accuser le coup tout en pensant qu'elle serait si fière que l'annonce de sa mort lui parvienne jusque là-bas, jusqu'en Amérique, à la pointe occidentale de l'Amérique, jusqu'à Hollywood. Quoi, tu pars vivre à Hollywood ? entendra-t-il quand il viendra lui annoncer qu'il quitte la France. Est-ce qu'on peut vivre à Hollywood quand on n'est pas une star de cinéma ? Est-ce un endroit pour habiter ? demandera-t-elle, sceptique et éblouie. Il voudrait ne jamais la quitter mais aussi lui offrir ce rêve, ce terminus. Car, sous les rictus secs, les mers dessinent aussi sur les visages des reflets, des ondes liquides qui s'efforcent d'en rapprocher les deux bords, comme ceux d'une plaie, conclut-il, et de raccorder les rêves.

Quand elle a raccroché, elle a crié papa. Un cri long, strident. Et il n'a plus pensé ni à son grand-père, ni à la mort, ni au chagrin, seulement à ces syllabes qu'elle pouvait crier et qui, sur ses lèvres à lui, seraient restées muettes. Comme dans le film qu'ils viennent de voir, lorsque Sarah Jane dit adieu à sa mère, un mamma sans bruit, honteux et déchirant. Un mamma qui lui irait bien, ni maman ni mummy, nom intermédiaire, ni d'ici ni d'ailleurs, capable de se fondre dans n'importe quel décor, bâtard et caméléon. Bâtard. Les syllabes qu'on ne crie pas sont-elles plus désespérées que celles qu'on crie ? C'est l'actrice qui a trouvé ça toute seule, ce n'était pas dans le scénario, explique sa mère en s'essuyant les yeux, c'est très émouvant, ses larmes rentrées, son chagrin tourné vers l'intérieur pour que ça ne se voie pas, comme sa couleur de peau, que ça ne se voie pas.

Ensuite seulement, elle a raccroché et elle a pleuré. Comme une petite fille épouvantée à l'idée d'être laissée seule dans le vaste monde. Que son grand-père ait été vivant puis mort ou que son grand-père soit mort après avoir vécu ne faisait pour lui aucune différence. Il ne connaissait ni sa voix ni sa façon de parler et, s'il avait été en face de lui, il n'aurait même pas su de quel mot le nommer. Papy, Abuelito, Nonno, Opa ? Dans quelle langue serait-il allé chercher ce morceau de chair maternelle ? L'exil a du bon, a-t-elle dit ensuite en retrouvant le sourire, les gens qu'on laisse dans un pays lointain ne meurent jamais. Il n'y a pas de tombe, seulement une photo de lui, si beau, qui marche dans les rues de la ville, qu'elle regarde quand elle veut, à n'importe quel moment, pendant qu'elle fait le ménage ou même quand elle est assise devant la télévision, et qui lui donne le droit de penser qu'il est toujours là-bas, jeune et vivant. Une photo devant laquelle il la surprend parfois en arrivant doucement depuis le fond de l'appartement ; tout bas, elle formule des vœux, des espoirs le concernant, qu'il réussisse à l'école, qu'il ait une bonne vie, meilleure que la sienne, papa, il faut toujours que les enfants progressent par rapport à leurs parents, n'est-ce pas, papa ? Il faut toujours faire mieux, aller plus loin, regarde, moi, je suis en France, insiste-t-elle en hochant la tête comme pour répondre à la place du portrait, il ira peut-être jusqu'en Amérique... Il a envie de surgir et de se jeter dans ses bras mais il ne le fait pas. Non, il attend qu'elle remballe ses prières, repose le cadre, puis seulement, il la rejoint au salon. Lui arrive-t-il aussi de susurrer sur la photo le nom de Flynn ? Dans un soupir, une fois, plusieurs fois, souffle-t-elle cette syllabe dans la pellicule de poussière, doucement, pour l'envoyer là-bas, vers l'autre rive, là où ils se sont connus, vers le visage jeune et beau de son père qui recueille, tasse, enfouit tous ses secrets ? Oserait-il alors lui demander, qui est Flynn ? Pourquoi prononces-tu ce nom ? Lâchera-t-elle le cadre en argent comme elle a lâché le flacon de lavande ? Et, comme la première fois, s'attardera-t-il sur elle qui aussitôt se sera baissée pour ramasser les morceaux de verre épars, son corps replié sur sa peine et sa honte ? Ou ne gardera-t-il que la scène debout, ses doigts qui lâchent l'objet qui tombe, s'écrase, son regard fixe et sourd au fracas ? Et d'elle, emportera-t-il lui aussi une photo à laquelle il s'adressera secrètement ? Une photo ? Quelle photo ?

Pepito se retourne vers Maria et demande si Sarah Jane a finalement regretté sa mère autant qu'elle l'a pleurée dans la dernière scène et si... Mais il ne le laisse pas finir sa phrase et bondit sur ses jambes. Pas du tout, lâche-t-il, elle s'est surtout débarrassée de sa bête noire. Et soudain, c'est comme si la bête noire apparaissait, là, devant eux, sa mère, Maria, Pepito, une forme immense et maléfique. Avec la mort d'Annie, elle peut enfin être blanche, de mère blanche, tu as bien vu le cercueil, toutes ces fleurs blanches. Sarah Jane peut enfin paraître entièrement blanche, se blottir contre Lana Turner, si blonde et si blanche dans sa robe noire. Sa mère acquiesce d'un air gêné. Elle se contente de lui reprocher de parler trop fort, déclare qu'après un film pareil, on a besoin de silence et de calme, Silvia aussi parlait trop fort quelles que soient les circonstances, puis admet que c'est cruel mais juste, qu'elle n'avait jamais pensé à cette histoire de noir et de blanc à la fin, qu'il a l'œil, qu'il sait regarder un film parce qu'il est à bonne école.

Sans un mot, Pepito se lève. Il n'a d'yeux que pour Maria, des yeux durcis comme des billes de cire noire, enfoncées dans ses orbites et plus assez mobiles pour fixer plusieurs cibles. Il lui tend la main, l'invite à redescendre. Sa mère propose une tisane mais, sans même la regarder, Pepito refuse. À l'instant où ils sortent, il comprend qu'il ne pourra plus rien lui demander, comme, par exemple, de lui prêter l'appareil que lui a laissé son père pour faire une photo d'elle, celle qui franchira les mers, cachée dans ses affaires. Une photo dans sa robe Cora ou encore mieux, la myosotis, celle de Gene Tierney, pour voir le bleu changer, se densifier, lui donner l'impression qu'elle est là, vivante, devant lui, en train de respirer et de bouger. Il lui faudra ruser, proposer à Pepito de la prendre lui-même, ses yeux fondants derrière l'appareil, le miel brun de ses yeux coulant enfin sans restriction devant ses apparitions. Et peut-être devra-t-il aller jusqu'à lui suggérer de

la faire poser dans le fourreau noir, même ina-
chevé, d'autant plus, pour glisser un corps vivant
dans cette forme sombre et suspendue depuis des
semaines dans leur salon, créer enfin une image
d'elle dedans, la première. Il insistera sur le verbe
poser pour donner à Pepito les pleins pouvoirs du
professionnel. Mais pourquoi prendre ces photos ?
s'étonneront-ils. Il ne répondra pas. Ils reposeront
la question puis sa mère s'en gardera bien tandis
que Pepito lui dira, si c'est pour ensuite les brûler,
ne compte pas sur moi. Non, non, celles-là, je ne
les brûlerai pas, promettra-t-il.

Quand elle referme la porte derrière Pepito et
Maria, sans vraiment savoir d'où lui vient son
aplomb, il ose demander, raconte-moi comment
tu as emporté cette photo. Quelle photo ? D'un
geste du menton, il désigne le cadre. Celle de ton
grand-père ? Debout dans le salon, elle le regarde
sans comprendre. Eh bien quoi, je l'ai mise dans
ma valise, quelle question ! Elle était déjà à toi ?
Elle s'assoit. Non, c'était la photo de ma mère, je
n'ai pas connu mon père à cet âge-là, tu penses
bien, il devait avoir dix-neuf ou vingt ans. Un jour,
je suis allée dans la chambre de mes parents et j'ai
volé le cadre qui était posé sur la table de chevet
de ma mère. Quel jour ? demande-t-il, quel jour ?
Le dernier, dit-elle, acculée, le dernier jour où je
les ai vus. Dans leur chambre, il y avait aussi des
cadres avec des portraits de ma mère mais je n'en
ai pris aucun. Sans doute me suis-je dit que deux,
ce serait trop, qu'ils s'en apercevraient. Elle aurait
pu aussi les leur demander sans les voler mais
elle n'en avait pas la force car c'eût été admettre
devant eux que c'était sans espoir. Que sa seule

chance de les revoir, c'était par et seulement sur les photos. Je n'en ai pas eu la force, répète-t-elle. Dans l'escalier, quand je suis redescendue de chez eux, ce jour-là – de nouveau, il a envie de lui demander, quel jour ? pour l'entendre encore répondre, le dernier, que ce soit dit et redit, mais il se retient parce qu'elle pleure – je tenais le cadre serré sous mon aisselle pour qu'il ne glisse pas et ne se fracasse pas sur les marches, en plus des valises que mon père m'avait obligée à prendre. Elle était droite comme un i, contractée par toutes ces choses qu'elle portait et qui la tenaient. Je crois que sinon, je me serais effondrée avant d'arriver chez moi. Et nous les avons toujours ces valises ? demande-t-il. Bien sûr, dit-elle, tandis que la porte d'entrée s'ouvre, que son père soudain réapparaît.

Quelque chose l'écœure quand il s'avance dans la pièce, une odeur d'alcool, acide et sucrée, qui lui fait penser qu'il n'emporterait avec lui qu'une photo de sa mère de peur que les photos ne retiennent les odeurs. C'est ridicule mais les films ont parfois cet effet dans la vraie vie, dit-elle en s'essuyant les yeux tandis que son père la dévisage, ils feraient pleurer n'importe qui sur n'importe quoi.

Quelques minutes plus tard, dans son lit, en tendant le bras vers la poire pour éteindre sa lampe, il croise le regard de cette grand-mère inconnue lorsqu'elle s'aperçoit le soir même que la photo de son mari a disparu de sa table de chevet. Ses yeux fatigués par les pleurs qu'elle a versés toute la journée effleurent l'endroit où le portrait était posé depuis des années, enchâssant immédiatement ce petit désastre dans le grand désastre, sans avoir même plus la force de se demander ni par qui ni pour quoi ce cadre lui a été subtilisé. Et, comme si son aplomb lui avait demandé un effort surhumain, démesuré, ses larmes retenues, ravalées jusqu'à en avoir des crampes dans la gorge, refusant de s'ajouter à celles de sa mère comme de lui laisser le loisir de penser que sa peine lui appartenait en propre, ne se partageait pas et ne débordait pas, ne dessinait pas dans l'air des départs et des adieux en cascade, il presse le bouton de la lampe et sanglote dans le noir.

De ce jour, ses échanges avec Pepito ne concernent plus que le bon moment pour la photo. Rendez-vous est pris mille fois, puis annulé à coups de va-et-vient dans l'escalier jusqu'à ce qu'une fin d'après-midi, sous leurs yeux, elle apparaisse enfin dans le fourreau, comme sortie d'une eau noire et ruisselant d'épingles. Devant eux, elle doit tenir le bustier collé contre sa poitrine puisque Maria n'a encore fixé aucune agrafe dans le dos. Elle répète qu'elle ne comprend pas pourquoi elle doit faire cette photo, prend Maria à témoin, pour ne pas la laisser sur la touche, faire front avec elle contre les garçons. Voilà qu'ils se mettent à diriger notre vie, dit-elle en riant, si contente au fond que ce moment finisse par ressembler à la robe elle-même, à louvoyer dans le temps sans s'achever. Car si ce n'est pas sa mère qui doit remonter pour la petite ou pour le dîner, c'est Maria qui déclare, après avoir inséré de nouvelles épingles dans le dos, qu'elle est fatiguée. Et chaque fois, Pepito, au lieu de s'en tenir là, propose qu'on reprenne le lendemain, qu'on essaie encore. Essayer quoi ? demande-t-il, agacé par tant de zèle. Une autre attitude, une autre lumière, suggère-t-il. Et chaque fois, elle s'y soumet, recommence à poser, parce que c'est une nouvelle occasion de sentir sur sa peau le satin lisse et frais, parce que comme Marlene Dietrich devant Travis Banton, certains essayages sont sans fin, redit-elle, en décidant d'oublier que sa robe ne progresse pas parce que sa costumière est épuisée, livide, les jambes surélevées, quand elle ne crache pas ses poumons, et qu'à sa place, c'est un garçon de treize ans qui lui ordonne de lever les bras ou de se tourner légèrement vers la droite puis vers la gauche. Et, un dimanche matin, de nouveau, la tête de Maria tombe sur le côté.

Soleil cou coupé.

Sa mère se précipite, s'agenouille malgré le tube de satin. Gênée dans ses mouvements, elle se tortille, grimace. Les épingles lui rentrent dans la peau, devant, derrière, entre ses omoplates, ses côtes. Il voit bien qu'elle voudrait tout retirer, là, mais elle ne peut pas, elle doit s'occuper de Maria qui respire à peine, appeler l'ambulance. Quand les secours arrivent enfin, elle attrape un manteau accroché dans l'entrée, l'enfile sur le fourreau. Que les garçons restent là, elle les appellera. Pepito s'avance mais elle remue la tête. Quand je pense qu'avec ça, demain ta sœur entre à l'hôpital, dit-elle en refermant la porte tandis que le bas du fourreau disparaît dans l'embrasure.

Il ne songe pas à la maladie de Maria, ni même à sa mort. Quand le calme revient dans l'appartement, il ne songe qu'à sa mère dans les couloirs de l'hôpital en fourreau de satin noir sous l'imperméable gris de Maria, un dimanche matin, qui, pour une fois, même sans chaperon, n'osera minauder devant personne à cause de son accoutrement ; au contraire, elle se fera de plus en plus petite, resserrant sans arrêt les pans du manteau pour avaler le fourreau, attendre en se fondant dans le décor, et se faire avaler par lui.

C'est plus grave que la dernière fois, dit-elle en rentrant, hébétée. Il sait qu'elle s'est d'abord arrêtée chez Pepito où elle a laissé l'imperméable gris, qu'elle a dû longuement lui expliquer la situation. Après s'être changée, elle suspend à un crochet dans le couloir le fourreau qui retrouve son vide spectral, à l'exception de la minuscule tache rouge qu'il décèle sur la poitrine, son phare dans la nuit, dont il se demande si c'est le sang de Maria ou de sa mère qui l'éclaire, le guide, un sang profond venu des poumons malades ou au contraire superficiel, celui d'une simple piqûre d'épingle. Je dois appeler le père de Pepito, ajoute-t-elle en s'enfermant dans le salon. Pourquoi ? demande-t-il. Elle ne répond pas, elle ferme la porte et aussitôt il voit la main rageuse agripper la poignée de la grosse valise, les yeux noirs de Pepito qui coulent quand ils avisent l'étagère vide en rentrant de l'école.

Il va venir, dit-elle un instant plus tard.

Quand ?

Bientôt.

Ils vont et viennent entre les différents étages de l'hôpital, celui des soins intensifs où est suivie Maria, celui des enfants malades où la petite doit rester immobilisée cinq semaines, puis quand ils sont avec l'une ou l'autre, ils piétinent entre la chambre et le couloir. Sans qu'ils aient besoin de le dire, leurs allées et venues dessinent une hiérarchie entre les maux, donnant à ce qui se présentait comme un cauchemar, la première phase du traitement de la petite, le statut d'un mal moindre, contraignant, pénible, mais sans gravité, tandis que Maria hésite toujours entre vivre et mourir. Et ce mal moindre lui semble rejoindre la cohorte des privilèges qui caractérisent sa vie par rapport à celle de Pepito : avoir ses deux parents sous le même toit, être le meilleur de la classe, savoir faire l'équilibre sur les mains, être le fils de celle qui porte les robes et non de celle qui les coud, disposer d'une télévision en couleur, d'une mère qui séduit tous les hommes qu'elle approche, etc.

Elle ne vient voir la petite qu'en coup de vent, ce qui lui fait manquer plusieurs fois la visite de Robert Taylor. Son père en revanche reste le plus souvent tétanisé devant le lit à barreaux sans oser dire que c'est une cage, quand il ne fait pas les cent pas avant de considérer que tous ces mouvements face à tant d'immobilité ont peut-être une part d'indécence. Alors il s'assoit, regarde l'enfant dans la cage puis annonce qu'il va rentrer. Il lui propose chaque fois de le ramener avec lui mais il refuse, veut rester encore un peu avec elle, dormir peut-être là même. Tu ne rates pas l'école au moins ? demande son père. Non, dit-il, au contraire, je travaille mieux ici, il n'y a rien d'autre à faire. J'apprends énormément. Il ne dit pas quoi mais il ouvre les lèvres, manifeste un appétit, une largesse, qui a le don de rassurer son père. Il ne lui avoue pas que bien souvent, après son départ, il vient s'allonger près de sa sœur, colle sa tête contre la sienne, et, sans bouger, attend de discerner son odeur, de la détacher dans le bouquet d'effluves de l'hôpital, comme une fleur.

Robert Taylor a fait passer le message qu'ils vivaient une situation difficile et qu'on devait tolérer cette exception, un enfant de moins de quinze ans au chevet d'une patiente. Il sera invité à la fête, pense-t-il, puis la seconde d'après, que cette fête n'aura peut-être pas lieu si Maria ne peut en confectionner les costumes. Il entend déjà sa mère s'insurger à l'idée d'acheter une robe en boutique, vous n'y pensez pas, prendre le risque qu'une autre ait la même, je ne peux pas, dira-t-elle avec ses grands airs en oubliant l'objet de la soirée, célébrer la guérison de sa fille, la voir enfin marcher au milieu du salon.

Il prend l'habitude d'accourir après l'école, ne passe plus par le parc ou rarement, seulement pour vérifier de loin que l'arbre malade est encore debout. Il s'installe dans le fauteuil de la chambre, fait ses devoirs près d'elle, jusqu'à son grand cahier et son dictionnaire qu'il apporte et qu'il laisse à demeure. C'est autant de temps qu'il gagne loin de Pepito, qu'il aperçoit souvent dans les allées de l'hôpital, mais qui ne monte jamais à l'étage des enfants malades. Il devrait avoir envie de le voir, de le soutenir, mais c'est tout le contraire et les heures d'école partagées lui suffisent amplement.

Dans le service, on s'accoutume à voir ce grand frère aux petits soins de cette créature blanche, langée et tractée, les jambes tendues à l'extrémité du lit par des poids alourdis de jour en jour. Les filins métalliques dessinent autour d'elle une nacelle en forme de toile d'araignée tissée pour elle et par d'autres, une prison suspendue dans laquelle bat le pavillon suave du doudou céladon qu'elle attrape, hume, puis repose. Il espère même parfois que son appareillage, au lieu de la lester, la propulse dans les airs. Et, comme pour l'y inciter ou susciter une action magique, il bascule sur les mains, hisse ses jambes contre le mur blanc. Pas de ça ici ! lance une infirmière quand une autre s'exclame, quel acrobate, ce grand frère ! Au milieu des appréciations changeantes, seuls les éclats de rire de sa sœur sont invariables.

Il apprend des mots nouveaux comme abduction ou, ce qui le réjouit davantage encore, ajoute des sens aux mots anciens, qu'il cueille sur les lèvres des médecins, des infirmières, que personne ne lui explique mais dont il poursuit, traque les occurrences jusqu'à ce qu'elles s'éclairent, comme réduire qui signifie en fait remettre en place. Il s'enfonce seul dans les définitions, les colonnes de son dictionnaire, les couches de la langue. Il apprend aussi que la luxation de sa sœur aurait dû être dépistée à la naissance, mais qu'étrangement, personne n'a rien vu. Il en déduit qu'un choc obscur s'est abattu sur sa venue alors que c'est sur la sienne, douze ans plus tôt, que le noir a fondu, quand ils sont partis, quand Flynn est parti ; qu'il aurait dû naître, lui, avec un os déboîté, un corps désorganisé par le poids des valises, les remous du bateau, pas elle. Mais les chocs mettent parfois du temps à descendre dans les corps, attendent, tapis, ne les brisent qu'à retardement.

Un jour, dans le couloir, devant la porte du grand bureau restée entrouverte, il s'arrête, cale l'épaisseur de son corps dans l'entrebâillement. Le médecin est au téléphone. Il l'entend qui prononce un mot d'allemand puis deux, puis trois, puis plusieurs phrases. Mais au hochement de tête que fait Robert Taylor quand il l'aperçoit, il détale.

Quelques jours plus tard, dans la chambre, Robert Taylor le gratifie d'un « bonjour, mon gars » et lui confie qu'il a un fils de son âge qui s'appelle Hans. C'est la première fois qu'il s'adresse à lui, et, quand il dit Hans, il hoche encore le menton vers lui. Ces hochements le désignent, l'élisent mais pincent aussitôt son cœur à l'idée qu'à côté de Hans, il ne serait jamais que le second fils, celui qu'on adopte éventuellement, le faux frère, comme Pepito.

Hans parle sans aucun doute un allemand parfait, pense-t-il avant même de lui imaginer une allure, un visage, une couleur de cheveux. C'est d'abord une présence sans corps et sans voix, un fluide qui passe d'une langue à l'autre, d'un pays à l'autre sans drame, sans coutures sous ses doigts, et sans accent. Puis, Hans devient une obsession. Les questions affluent : un esprit capable de s'exprimer dans plusieurs langues acquiert-il volume et profondeur ? S'ouvre-t-il ? Se distend-il comme un ventre ? Ou, au contraire, se réduit-il à une simple vitesse de traduction ?

Quand son père lui demande ce qu'il fait, désormais il répond, j'apprends l'allemand, puis, quelques jours plus tard, écourte sa réponse, dit, j'apprends. Il pourrait ajouter des compléments, préciser qu'il apprend du vocabulaire, des conjugaisons, mais il laisse le verbe béant, j'apprends.

Il égrène des colonnes de mots qu'il envoie vers sa sœur. Elle les attend, les répète sans cesser de lui sourire à travers les barreaux, même quand il la corrige, lui fait reprendre une fois, deux fois, dix fois. L'énergie qu'elle paraît ne pas dépenser est un leurre que démentent les mouvements de sa langue sur son palais, sur ses lèvres, toutes les nouvelles syllabes qu'elle forme et qu'elle retient. De même ses cheveux qui poussent à toute vitesse, tels les fruits vigoureux d'un arbre couché.

Quand sa mère s'approche du lit, elle pose une main sur le front de sa fille mais ses doigts ne s'aventurent pas au-delà, restent en arrêt, horrifiés par ces masses brunes et rêches, avant de trouver autre chose à saisir, un lange, une couverture, n'importe quoi. Quand elle en aura fini, elle l'amènera chez le coiffeur et plutôt deux fois qu'une, dit-elle. Dans la glace, sa sœur pâlira en voyant ses cheveux tomber par poignées, comme les fruits gâtés d'un arbre debout.

Personne n'ose lui reprocher de faire entrer autant d'allemand dans la famille parce que ce canon de mélodies propulse dans la chambre un air qui allège les poids et les tractions. Mais un jour, agacée et impatiente, sa mère soupire que c'en est trop, qu'il apprenne ce qu'il veut mais qu'il laisse la petite tranquille et en dehors de tout ça. Robert Taylor est allemand, lâche-t-il, tandis qu'une infirmière entre brusquement dans la chambre. Ah oui ? Je ne savais pas, dit l'infirmière, je le croyais américain. Sa mère se contente de répondre qu'à Hollywood, ils étaient tous allemands. En tout cas, réplique l'infirmière, vos enfants vont bientôt parler un allemand parfait. Elle ne croit pas si bien dire car, avant la fin des soins, se promet-il, il adressera au médecin une phrase, deux phrases complètes dans un allemand effectivement parfait.

Un matin, n'y tenant plus, tandis que Robert Taylor est sur le point de sortir de la chambre de sa sœur avec toute son équipe à sa suite et sa mère qui l'accapare, ne le lâche pas, le mitraille de questions au sujet de Maria, vous savez, cette amie hospitalisée dans un autre service, celle qui a le cœur malade, il s'interpose, demande au médecin la différence entre Ungeziefer et Schaben. À l'instant où il pose cette question, il a honte, pense à Hans qui connaît la réponse. Les infirmières et les étudiants ouvrent de grands yeux. Pourquoi ? demande Robert Taylor en se retournant. Il goûte quelques secondes le plaisir d'être seul avec lui dans l'allemand, cerné par l'incompréhension des autres. Tu en as trouvé ? Bien sûr que non, s'empresse de dire sa mère qui se souvient du mot Schaben, nous sommes en France, docteur. Mais il pourrait y en avoir, madame, ajoute le médecin. Non, non, fait-il, agacé, en songeant que la seule bête de la chambre, c'est cette sœur tour à tour oiseau, crabe, araignée. Le médecin répète à haute voix les mots comme pour lui-même, avec un accent parfait qui trouble même sa mère, allume un instant son regard morne, et lui promet d'y réfléchir.

Sitôt la porte refermée, avec la petite, ils reprennent en chœur, Ungeziefer, Ungezie, Ungez, jusqu'à faire bourdonner le mot de concert, zzzz, tresser, fondre leurs deux voix dedans. Sa mère secoue la tête, fouille ses cheveux, en chasse ce qui vrombit, leur demande d'arrêter ce cirque et finit par sortir en disant qu'elle va voir Maria. Au moins, là-bas, il n'y a pas de bestioles, ajoute-t-elle sans se retourner.

Au bout de deux semaines, l'hôpital devient sa maison et, le dimanche, quand il y a moins de personnel, il parcourt les étages, entre dans des chambres vides, s'installe à une table s'il y en a une ou à même le sol entre ses livres et ses cahiers tantôt de français, tantôt d'allemand. Il goûte l'étendue de l'espace, le nombre infini de pièces, la possibilité de changer de lieu et de langue. Tandis que sa sœur est clouée au lit, que ses parents ne font que passer, il est celui qui reste et navigue avec elle dans ce grand paquebot blanc, où il lui apprendra encore d'autres langues et qu'il parlera avec elle car les langues sont faites pour être parlées, déployées comme des drapeaux.

Parfois, quand il récite ou lit à haute voix dans une chambre sans malade, quelqu'un surgit, s'étonne, le prie de sortir en expliquant que les hôpitaux sont des nids à microbes, qu'un garçon de son âge ferait mieux d'être ailleurs. Un instant, il entrevoit le parc vert, l'arbre roux, trouve toutes ces couleurs soudain trop vives, repart vers la chambre de sa sœur. Après l'allemand, il apprendra l'anglais de Hollywood, l'italien de Flynn, le portugais de Pepito, qui l'immuniseront contre les microbes et les départs puisque les langues s'emportent, ne pèsent rien que les heures qu'on passe à les apprendre et qui se volatilisent sitôt formée la première phrase correcte. Bien moins que des valises ou même des drapeaux. Au milieu de leurs nouveaux jouets, impalpables et rutilants, il n'y aura plus ni tapis ni taches ni poste de télévision, mais un espace large, une mer tendue entre l'Orient et l'Occident, sans douanes ni tampon qui les chassent. Car alors ils ne seront plus des bêtes, les bêtes ne parlent pas, ni les noires ni les blanches, ni les grandes ni les petites ; les bêtes se contentent de bourdonner, de tisser l'air et le mouvement sans jamais y découper ni sens ni message. Mais une fois armés de toutes ces langues comme de lassos pour capturer, dominer, étrangler les visions effrayantes, continueront-ils à privilégier le français, à le distinguer au milieu des autres ? Et lui, en finira-t-il avec l'envie de savoir si cette langue formée là-bas, très loin, de l'autre côté de la mer, et qu'il remodèle sans cesse, lui tient lieu de langue maternelle ou seulement de langue principale ?

Arrive le jour où il obtient la meilleure note en allemand, où il évince le premier de la classe et Hans du même coup. Quand le professeur dépose sa copie sous ses yeux, son cœur se soulève mais il ne regarde ni à droite ni à gauche, ni devant ni derrière lui, se contente de sourire et de dire merci. En sortant de la salle de cours, son regard accroche celui du premier de la classe, une fraction de seconde traversée de mépris, de condescendance, mais au lieu de s'y fixer, de s'y enliser, il se dégage, s'élance bien au-dessus, léger, sûr de son allure, qu'il sauve la France, mais il n'en parle à personne, ni à Pepito, qu'il n'a de toute façon pas vu ce matin, ni à personne d'autre puisque personne ne comprendrait qu'il donne à cette meilleure note plus de relief qu'à celles qu'il décroche régulièrement, quoi qu'il arrive. Pourtant celle-ci, plus que les autres, scintille dans la nuit. Il voudrait partir aussitôt pour Berlin, Vienne, à l'assaut de toutes les conversations, mais au lieu de cela, il prépare la phrase qu'il dira à Robert Taylor. Meine Mutter ist nicht Deutsch aber ich spreche Deutsch. Il osera même frapper à la porte de son grand bureau si elle n'est pas ouverte. Il gravit les marches deux à deux mais quand il arrive dans le service, son père est là qui l'attend précisément devant cette porte.

Maria vient de mourir, lui annonce-t-il en percutant son élan de plein fouet. Il a envie de hurler, non, pas aujourd'hui, mais ne dit rien, regarde sa joie qui retombe, s'écoule le long des marches, en pure perte. La porte du bureau s'ouvre, il se retourne. Apparaît alors le grand corps de Robert Taylor dans sa blouse blanche et devant, la silhouette chétive de son père qu'il voudrait pousser sur le côté. Le médecin hoche la tête vers lui mais sa phrase ne sort pas, fichée au fond de sa gorge comme une épine, une épingle. Maria est morte, répète son père. Viens.

Elle avait encore tellement de robes sous la peau, déclare sa mère. Et, un instant plus tard : il n'y a pas eu plus bel enterrement que celui d'Irving Thalberg. Tout en lui tenant la main, elle répète ces deux phrases en boucle, comme pour se lier exclusivement au corps de Maria, sans que personne n'y comprenne rien, ne partage ce lien. En lui aussi tournent des phrases qu'il se retient de dire, je suis premier en allemand, meine Mutter ist nicht Deutsch aber ich spreche Deutsch. Il se promet de connaître la seconde dans et au sujet de toutes les langues du monde. Il vient se ranger près de Pepito car il ne veut croiser ni ses larmes ni son regard. Mais toutes les phrases cessent quand Pepito signale que Maria avait beaucoup d'amis, qu'il faudra les inviter. La main de sa mère lâche subitement celle de Maria. Si elle s'en donnait le droit, elle questionnerait Pepito aussitôt, lui demanderait des noms, l'historique de chaque amitié. Des amis, mais quels amis ? Quand ? Comment ? Il voit bien qu'elle a envie de répliquer, n'étais-je pas la seule, sa seule amie ? Mais Pepito répète, vraiment beaucoup d'amis. Elle s'oblige à dire, tu me feras une liste, sourit, puis reprend la main de Maria dans la sienne. À la façon qu'elle a de s'accrocher à cette main blanche, presque grise, et sans doute raide et froide, comme on dit que les morts sont, ce n'est pas la main d'une vivante qui tient celle d'une morte mais celle d'une vivante qui tient enfin celle de tous ses morts, les ramène, les retient auprès d'elle, son père, sa mère, Silvia, tous ses morts d'outre-mer soudain rapatriés dans cet hôpital français, conviés à ce chevet. Et Flynn, se demande-t-il, tient-elle aussi la main de Flynn ?

Sans lâcher cette fois ce qu'elle tient, elle ne répondrait pas à une question que, de toute façon, il ne lui poserait pas.

Le fourreau enveloppe Maria jusqu'aux épaules, ouvert comme une écorce souple, une cosse de haricot, une corolle noire qui gondole autour de sa peau pâle. Sa mère l'a modifié elle-même parce qu'il fallait que Maria s'en aille dans cette robe, doublée de toutes les autres robes encore sous sa peau, qu'enfin, toute cette attente se conclue magistralement et en grande pompe.

Le soir même de sa mort, elle descend chez Maria, se retrouve dans son salon, au milieu de ses affaires, devant les yeux éberlués de Pepito. Il l'imagine devant la machine à coudre, de là où il est, depuis le lit qu'il déplie dans un coin de la chambre de sa sœur, parce qu'il refuse de la laisser seule à l'hôpital, moins aujourd'hui que jamais, parce qu'il sait que sa mère ne viendra même pas la voir avec tout ce qu'elle aura à organiser. Munie de ciseaux et d'épingles, elle défait, remodèle le haut du fourreau, ses doigts blancs sous les nappes de satin noir, aux côtés d'un Pepito déchiré entre la peine et la jubilation. Pepito Perfido, souffle-t-il dans la direction de sa sœur, puis Maria ist gestorben, Maria is dead, sans que la petite ne rattrape rien. Il essaie encore, meine Mutter ist gestorben, my mother is dead, mais ses lèvres et sa langue, d'habitude si prestes, restent aussi raides que son corps. Dans le salon, Pepito n'en revient pas de constater l'agilité de ses mains qui, pendant toutes ces années, se sont contentées d'essayer, de juger, d'exiger et de payer. Vous savez donc coudre ? demanderait-il s'il osait. Sans doute à force aura-t-elle appris, se dit-il pour ne pas lui en vouloir, garder intact le désir qu'elle l'emmène avec lui, deux étages plus haut, non pas pour quelques soirs, mais pour tous les soirs, qu'au nom de cette peau commune qu'elle partage avec Maria, il devienne un peu la chair de sa chair, et que s'effacent définitivement les comparaisons désavantageuses devant les grilles de l'école, dans l'école, les apparitions invasives, jusque dans la classe, quand l'institutrice ouvre un après-midi la porte sur Maria qui s'avance, dit c'est urgent, se dirige vers Pepito qui a envie de fondre sous le bureau pour ne pas être aux yeux des autres celui qui sort de ce corps sans grâce qui n'en finit pas de s'approcher. Viens avec moi, dit Maria, il est arrivé quelque chose, je t'explique-rai. Pepito se lève, s'apprête à ranger ses affaires, mais, depuis l'estrade, l'institutrice hoche la tête pour lui intimer à lui de le faire, de ranger à la place de Pepito, de replier livres et cahiers, en bon camarade. Il murmure, laisse, et Pepito s'éloigne. Il ne sait pas encore que sous cette ombre qui grandit dans l'allée, s'en cache une deuxième, celle qui s'abat sur sa maison le matin même, quand la main du père de Pepito attrape la grosse valise noire sur l'étagère du couloir. Ni que sa mère, ce soir-là, quand il la questionne sur ce départ intempestif et qu'elle élude ses questions, songe à d'autres départs, à d'autres valises et à d'autres mains.

Elle dépoussière le satin noir mais prend bien soin d'y laisser les dizaines d'épingles pour parer Maria d'un ciel étoilé, dit-elle, en regrettant même qu'on n'enterre pas les morts ainsi, que le fourreau ne lui tienne pas lieu de dernière enveloppe au creux de la terre.

Devant le cercueil, elle garde les mains posées sur les cheveux de Pepito, qu'elle n'ose pas caresser dans un premier temps mais qu'elle finit par caresser en introduisant ses doigts dans les boucles, en en suivant le contour, les courbes longues et soyeuses. Il voit bien que l'un et l'autre y puisent un réconfort, une forme de répit dans le tourment, plus grand que tous les mots qu'il a péniblement adressés à Pepito depuis que Maria est morte, des mots vides, hagards, plus doux que tous les gestes qu'il a tenté de faire à son égard et qui n'ont touché que le vent. De la même façon que Pepito a photographié sa mère debout dans le fourreau quelques semaines plus tôt, bien qu'il n'ait jamais vu les tirages, il aimerait faire la photo inverse, celle de Maria couchée dedans, mais à la place, il se contente de fixer intensément la trace de sang séché grattée à l'ongle, jadis sur la poitrine de sa mère, à présent au-dessus de l'épaule de Maria, jusqu'à ce qu'on ferme le cercueil, que le corps de Maria disparaisse et que la confidente emporte à jamais les secrets. Pepito baisse la tête comme si on lui brisait la nuque, soleil cou coupé. Il se contente de baisser la tête au lieu de se jeter sur le cercueil, d'inonder de larmes le visage de Maria, de s'accrocher au fourreau, aux cheveux, à n'importe quoi de possible et qu'on puisse arracher, sortir de là. Les doigts de sa mère cessent un instant de caresser les boucles brunes, semblent se prendre dedans comme dans un sang noir et visqueux.

Sur sa naissance, il ne posera donc aucune question car on ne fouille pas les chairs d'une morte, trop jaunies, trop racornies pour délivrer la moindre gouttelette de vérité. La seule chose qu'il lui demandera peu après la cérémonie concernera la robe noire qu'elle porte, en tout point identique à sa robe Cora, le même col serrure, le même petit nœud cravate, les surpiqûres, la poche unique, tout ce blanc devenu tout ce noir. Je l'ai teinte, répond-elle. Je n'allais quand même pas me contenter d'une robe ordinaire. Et puis, Cora aussi est en noir à la fin du film. C'est à ce moment-là seulement que lui apparaît la silhouette de son père, jusque-là fondue dans le décor, les murmures de l'assemblée, la musique, les prières en portugais, comme s'il fallait nécessairement un partenaire à Lana Turner, voire deux puisqu'un autre homme en costume sombre se détache du groupe et s'avance pour lui serrer la main.

Pepito relève la tête et voit ces doigts, qui un instant plus tôt fouillaient encore ses cheveux, s'attarder dans la main de l'homme. Il voudrait certainement les en arracher mais à la place, il ne bouge pas. Pourquoi Pepito reste-t-il là ? Pourquoi ne fuit-il pas si loin et si vite que les trois silhouettes noires se mettent à courir derrière lui ? Et à ne pas le retrouver avant que ce ne soit lui qui, à l'inverse de la manifestation de juin, le déniche là où personne d'autre ne peut venir le chercher, dans cet endroit qu'il déteste le plus au monde à l'exception de ce trou où on enterre aujourd'hui sa mère, et devant lequel son père reparaît : dans le parc, au pied du hêtre pourpre. Essoufflé, **Pepito** prie pour qu'une grosse branche casse, l'assomme, le tue même. Tout plutôt que de partir vivre avec lui, ailleurs, ânonne-t-il, même basculer sur les mains, recommencer encore et encore, se laisser torturer jusqu'au vertige, la nausée, je ferai tout ce que tu voudras mais reste avec moi, je t'en supplie, ne me ramène pas là-bas.

Mais, entre les trois silhouettes, Pepito ne bouge toujours pas. Est-ce qu'on sait pourquoi les gens partent ou ne partent pas ? lui a dit une fois sa mère. Saura-t-il jamais pourquoi en arrivant au port de Marseille, elle regarde Flynn s'éloigner sans le suivre ? Pourquoi son élan retombe comme ses yeux sur son ventre et son mari au lieu de la porter glorieusement jusqu'en Italie ? Comme celui de Pepito sous la grêle qui s'abat et lui annonce qu'il devra quitter sans tarder sa maison et son pays. Pourquoi quelqu'un part et pourquoi ce n'est pas lui ?

En bas de l'immeuble, ses doigts blancs et gourds se détachent sur la poignée noire puis la lâchent. Pepito remonte à toute vitesse dans l'escalier, frappe à leur porte. Tiens, lui dit-il, les photos, je te les donne. Il ne dit ni ta mère ni ma mère, il ne peut plus, c'est terminé, d'autant que son père l'attend dans la voiture. Il ne dit même pas au revoir et tourne les talons.

L'instant d'après, il revient se poster à la fenêtre. La valise noire n'a pas bougé, le poids d'un âne mort, pense-t-il, le transistor au milieu des vêtements que sa mère l'aura peut-être aidé à plier et qui bientôt ne diffusera plus que des émissions en portugais, entre lesquelles se glissera parfois une chanson en anglais, celle qu'ils écoutaient ensemble, *Nights in White Satin*, celles qui viendront et formeront d'autres larmes très rondes sur les joues de Pepito, ou peut-être, au contraire, plus aucune larme du tout.

Il pourrait rejoindre ses parents descendus le saluer, lui manifester une dernière preuve d'amitié, courir près de la voiture et proposer, on s'embrasse ? on s'écrit ?, mais il reste à la fenêtre, derrière le rideau. Comme une mère, se figure-t-il, qui regarde son enfant quitter la maison, sans lâcher le fil jusqu'à lui, tenir leurs années ensemble, leurs mots, la langue qu'ils partagent et dont il changera peut-être, qu'il oubliera en partie pour en parler une autre avec ses enfants qui ne comprendront même plus la précédente et ainsi de suite.

Ses parents discutent avec le père de Pepito, les mains se serrent rapidement, puis sa mère referme lentement ses bras autour du corps de Pepito qui disparaît dedans une seconde. Tu aurais pu descendre l'embrasser, lui reproche-t-elle ensuite. Enfin tu as raison, parfois, il vaut mieux éviter les adieux quand ils sont trop féroces. Le mot féroce reste un instant suspendu entre eux, telles les mâchoires du chagrin avant de broyer la chair, ou les deux parties d'une valise avant qu'on ne les rabatte. Mais dans cette suspension, il ne glisse aucune question.

Il écarte le rideau, croise une dernière fois le regard de Pepito qui soulève sa valise dont il ne saurait dire si elle est lourde ou légère, puis remet le rideau en place. Ensuite seulement, il avise les photos qu'il tient dans son autre main, les bras blancs de sa mère sortant du fourreau comme d'une longue boîte noire. Il songe au corps de Maria, se demande ce qui en sortirait si on le disséquait, quelles sortes de tissus.

Le rideau tremble encore légèrement devant lui, comme au passage d'un fantôme. La voiture démarre.

Le lendemain, comme prévu, la petite reparaît plâtrée du ventre jusqu'aux pieds, les jambes très écartées autour d'un trou sans plâtre. Il n'y a plus ni filins ni poids au-dessus de son lit puisqu'elle tient désormais par la seule force de sa carapace blanche. La transformation de la créature n'en finit pas, se dit-il, bien qu'on continue à l'appeler l'enfant, à la traiter comme une plume malgré sa rigidité et ses kilos de plâtre. Cinq kilos, cinq semaines, répète l'infirmière d'une manière mécanique et mélodieuse qui fait sourire sa sœur. Devant son air réjoui, il finit par se demander si tout ce blanc qui la recouvre ne lui fait pas l'effet d'une neige douce et fraîche, douée de pouvoirs spéciaux et sans aucun doute vouée à fondre, mais l'infirmière ajoute, tu pourras écrire ou dessiner dessus, comme pour lui indiquer qu'aucune fonte n'est à espérer et qu'il devra supporter le contact dur et rugueux de cette croûte contre laquelle il ne pourra pas non plus laisser fondre sa tendresse. Qu'à cela ne tienne, il lui apprendra à lire et elle sera le livre. Sur son plâtre, il notera des mots d'allemand, des phrases même, que Robert

Taylor verra et qu'ensemble ils diront. Le médecin sera si surpris qu'il en oubliera la hanche de la petite, qu'il se mettra à leur parler comme à Hans. Encore faudrait-il qu'ils soient seuls de temps à autre, car depuis l'enterrement de Maria, sa mère ne quitte plus la chambre.

Jour après jour, son éternelle robe noire tourne autour du petit corps blanc. Le crêpe coule dessus quand elle se penche sur le lit, rarement, car, la plupart du temps, elle reste assise et sans bouger. Comme plâtrée elle aussi, pense-t-il, en sentant parfois leurs chairs durcir et sécher, s'effriter sur leurs épaules ou le long de leurs mollets, en proie à une érosion intérieure, qui ne viendrait ni de la pluie ni du vent. Alors il bondit, sort de la chambre. Où vas-tu ? demande sa mère tandis que sa sœur ouvre la bouche, commence à dire son prénom, mais il claque déjà la porte dessus, comme pour en broyer les deux syllabes, surtout ne pas les entendre.

L'hôpital devient sa forêt. Il déambule, rôde, se laisse guider par des sons nouveaux, qui changent en fonction des étages. Une fin d'après-midi, entre le cinquième et le sixième étage, il croise Robert Taylor qui descend l'escalier en courant. Il se pousse sur le côté, n'ose même pas le regarder pour ne pas le freiner mais le médecin s'arrête un instant, et, droit dans les yeux, lui dit qu'il revient de la maternité, un accouchement, un petit sorti complètement tordu. Si tu avais vu ça, mon gars, ajoute-t-il.

Il s'accroche à la rampe, acquiesce, et pour ne pas répéter bêtement le mot sorti, sorti d'où, il s'entend demander où est Hans. Hans ? s'étonne le médecin. Hans ne vient jamais ici, les enfants ne devraient pas traîner dans les hôpitaux, ce sont des nids à microbes. Il aura bien le temps d'y venir plus tard, quand il sera médecin. Ah, fait-il, mais comment pouvez-vous déjà le savoir ? Quoi ? Qu'il sera médecin ? Mon arrière-grand-père l'était, mon grand-père et mon père aussi, donc mon fils le sera, c'est comme ça. Il acquiesce encore. Sous ses yeux, tandis que Bob Taylor, il peut l'appeler Bob désormais, se remet à dévaler les marches, se profile la silhouette d'un enfant tordu à côté d'un arbre très droit tendu vers le ciel. L'espace d'une seconde, il pense à Pepito, se demande où il est, s'il le reverra un jour, puis à Hans de nouveau, à qui il n'aurait certainement pas à montrer comment basculer sur les mains et tenir en équilibre près du hêtre. Il s'assoit sur les marches, encombré par tout ce qu'il vient d'entendre, les questions qui lui restent et qu'il n'osera peut-être jamais poser, ni en allemand ni même en français, les pères empilés au-dessus de la tête de Hans. Ou peut-être sous ses paumes, des racines puissantes sous la terre. Soudain il est pris d'une fatigue immense, envieuse de tous les efforts que Hans n'a pas à faire pour être le premier en allemand, apprendre des langues, faire l'arbre, sauver la France.

Sorti d'où ? se répète-t-il en se levant puis en montant lentement jusqu'au sixième étage.

Si on lui ordonne de partir, il redescendra aussitôt, frappera à la porte du grand bureau et, en allemand, il dira : Ich môchte ein Baby sehen. Bob Taylor lui répondra peut-être que ce n'est ni sa spécialité ni son service, qu'aux accouchements du sixième étage, il ne va que si on l'appelle, quand les bébés sortent tordus, et qu'à l'inverse, on ne descend les mères au bloc qu'en cas de problème. Attendri par son allemand hésitant, il lui demandera pourtant de le suivre hors de son bureau et, quand ils arriveront, là-haut, devant les portes, il le priera de l'attendre, einen Moment. Mais il n'attendra pas, il poussera les portes, comme dans un rêve.

Entre les jambes écartées, il n'aperçoit pas de visage. Si elles n'étaient pas retenues par des appareils en métal, les jambes nues, grandes et molles, tomberaient, s'écraseraient au sol. Il marche dans la salle, entre les cris, les ordres et les soupirs. Robert Taylor n'est plus à ses côtés. Il tourne la tête à droite, à gauche, le cherche, puis regarde de nouveau devant lui, n'entend plus aucun son, s'arrête, ne voit plus aucune jambe, rien qui ressemble à un corps de femme.

C'est une bouche ou un œil immense qu'il peut fixer sans se baisser ni se tordre le cou. Il veut partir mais il reste, se calme en pensant au trou laissé entre les jambes plâtrées de sa sœur, au décolleté serrure de la robe Cora, blanche puis noire. On ne devrait jamais laisser un enfant s'approcher d'un gouffre pareil. C'est une gueule rugissante comme celle du lion de la MGM, une fois, deux fois, puis une troisième fois, la plus surprenante, dit sa mère. Au début des années 1940, cinquante millions d'Américains vont au cinéma chaque semaine, explique-t-elle encore, Louis B. Mayer est l'homme le plus riche du pays et Hollywood produit cinq cent trente films par an, plus d'un par jour, tu te rends compte ? En pleine guerre, relève-t-il, pendant que le Général rassemble ses troupes, les Américains, eux, vont au cinéma. Ensuite tout s'est effondré, poursuit-elle sans se troubler, les costumières ont été remplacées par le prêt-à-porter, les trois mille dessins réalisés pour les costumes d'un seul film sont devenus de vulgaires patrons dans des usines, des modèles portés par tous, et nous avons été chassés du paradis. Comme L. B. Comme… Comme Maria, ajoute-t-il pour qu'elle se taise.

Il s'approche encore.

C'est un cratère incliné à présent, d'où s'écoule une matière visqueuse, un camaïeu de rouges, de jaunes, de bruns au milieu duquel apparaît une masse plus noire, qui pousse contre la fente, l'élargit davantage, puis toute une tête qui l'ouvre. C'est la tête d'un enfant qui sort du corps de sa mère mais que la mère ne voit pas, sorti d'elle et qu'elle seule ne verra jamais. Les femmes accouchent dans le noir, pense-t-il, et produisent des images qu'elles sont les seules à ne pouvoir voir, qu'elles doivent absolument remplacer par d'autres images, et qu'elles remplacent frénétiquement. Au début des années 1940, parmi les cinquante millions d'Américains qui vont au cinéma chaque semaine, combien y a-t-il de femmes ?

Robert Taylor a disparu, comme Flynn a disparu quand ils arrivent en France, laissant sa mère aux prises avec une obscurité deux fois plus dense. Son père aussi a disparu le jour de l'accouchement, tous les hommes. Entre ses jambes ouvertes, elle le pousse seule et sans le voir vers ce nouveau rivage, ce pays grand et riche, tractée vers l'avant mais aussi dans l'autre sens, par tous les souvenirs qui cherchent à le retenir au fond d'elle. Combien d'heures met-il à sortir ? Et quand il sort, à quel moment déclare-t-elle son prénom ? Sous quels yeux ? Le dit-elle à haute voix ou préfère-t-elle l'écrire d'une main qui tremble moins que sa voix ? Maria n'est plus là pour que des réponses filtrent à travers le mur, la nuit ; jamais il ne saura quel regard son père pose sur sa mère lorsqu'elle énonce son prénom, d'une voix ferme et sans appel.

Comme il est là, il aurait très bien pu être auprès d'elle quand la petite est venue au monde, échanger sa place contre celle de son père, au lieu de tourner autour du poste de télévision dans le salon. Si seulement ils ne l'avaient jamais sorti du grand carton, jamais installé ni même acheté. Il aurait tenu la main de sa mère tout du long, comme Bob Taylor celle de Barbara Stanwyck, et sa sœur serait sortie sans se tordre, droite et tranquille sous les syllabes du prénom qui l'accueillait, un prénom franc, innocent qui n'en cachait aucun autre, choisi pour elle, et rien que pour elle.

Robert Taylor était-il là quand Hans est né ? A-t-il vu la masse brune de ses cheveux s'éclaircir, blondir à vue d'œil tandis que sa tête sortait du corps de sa mère ? Haben Sie ihren Sohn herauskommen gesehen ? Mais le médecin ne répondra pas à cette question obscène dans la bouche d'un enfant ou, au contraire, il acquiescera en précisant que c'était un soleil, eine Sonne, dira-t-il en souriant, mein Sohn war eine Sonne, content de son jeu de mots facile.

Quand il revient dans la chambre de sa sœur, sa mère lui demande où il était passé. Il répond, au sixième étage, étonné de la voir ici tandis qu'elle était aussi là-bas. Elle ne s'étonne pas de sa pâleur, de son air hébété, ne le questionne pas davantage. Il pourrait transformer la scène pour la lui raconter, comme une scène de film, en inventer une autre, héroïque, dire, j'ai vu un cœur battre, dans une poitrine ouverte, Robert Taylor m'a laissé m'en approcher, j'ai vu les valves, c'était incroyable, les pétales violacés, le vide tout autour, le silence tout autour, le battement, la vie à l'état pur. Il pourrait se targuer d'avoir vu ce que personne ne voit, les mains gantées entrer dans la matière, fouiller, se couvrir de sang. Il pourrait ajouter, inutile d'aller au cinéma quand on a vu ça. Mais ses propres visions le troublent et il ne dit rien.

Il se penche sur l'un des deux plâtres et dessine un soleil. Eine Sonne, dit-il à la petite. Ein Sonne, répète-t-elle. Non, *eine* Sonne, *die* Sonne. Agacée par leurs perpétuels mots d'allemand, sa mère se lève, tu devrais plutôt lui apprendre l'anglais, comme en Amérique ! À quoi, de nouveau, il répond que Bob Taylor parle allemand. Ah oui, c'est vrai, dit-elle, comme Hedy Lamarr, avant d'annoncer enfin qu'elle rentre à la maison retrouver leur père qui, d'ailleurs, ne vient presque plus parce que ce spectacle le désole, qu'il ne supporte pas de voir sa fille ainsi diminuée, transformée en... mais jamais les mots ne lui viennent, jamais il ne finit sa phrase, jamais il ne dit, en bête blanche. Puis, dans un large sourire, tandis que sa mère ouvre la porte, la petite désigne son autre plâtre en réclamant, eine Sonne, eine Sonne ! Et il s'exécute, ravi et étonné de sa vitalité, au point de se demander si son appareillage ne la relie pas à des forces invisibles pour eux, si, dans le cylindre de ses plâtres, ne passe pas un fluide, une énergie gainée, concentrée à l'extrême et seulement perceptible à la pointe de ses cils qui battent plus vite, plus intensément que d'habitude.

Sa mère se retourne une dernière fois vers eux. Tout en traçant les rayons jaunes du deuxième soleil, il pense qu'avec sa sœur, ils n'auront pas seulement réussi à chasser le corps de leur mère mais aussi sa langue, pour en déployer une autre qui n'est clairement pas la leur, qui serait même le contraire de la leur, une langue étrangère, détestée par leur mère, mais dans laquelle, sans l'ombre d'une hésitation et sans singerie, un enfant, Hans, peut fièrement dire Vater et Mutter, en sa demeure. À ce détail près qu'il ne sait pas si la mère de Hans est allemande, si le nom allemand de Bob Taylor en cache un autre, si Hans, quand il bascule sur les mains, appuie chacune de ses paumes sur une colonne, une lignée de noms allemands. Il faudra qu'il le lui demande et devant sa mère si possible qui ouvrira alors de grands yeux. La mère de Hans est-elle allemande ? Hans, mais qui est Hans ? s'étonnera-t-elle en trouvant décidément qu'il en fait trop avec le médecin, elle qui, désormais, n'échange plus avec lui que quelques paroles plates, factuelles, sur les soins de sa fille, captive de son étroite robe noire. Hans a le même âge que moi, dira-t-il avec une arrogance qui tranchera sur la modestie nouvelle de sa mère, sa revanche sur toutes les simagrées d'autrefois, les conversations, les couleurs, les tissus dans lesquels elle se drapait pour qu'on la remarque et qu'on l'invite à danser.

Que lui est-il arrivé ? demande un soir Bob Taylor, en regrettant certainement l'allure glorieuse de ses robes bleues qui flattaient tant ses blouses blanches. Un choc émotionnel, s'entend-il répondre lentement, en détachant bien chaque syllabe. Les étoiles filantes de la médecine, mon gars, des énigmes. Mais la réponse du médecin ne lui convient pas du tout. Il a sciemment lâché le mot pour qu'il revienne dessus et, avec lui, sur le jour de la conférence quand sa mère le rapporte de l'hôpital. Il a parlé d'un choc émotionnel, leur annonce-t-elle après la consultation, en le jetant sur la table du déjeuner, encore tout fumant, comme un plat trop chaud. Alors il répète, un choc émotionnel, pour qu'enfin, devant lui, le médecin le fouille, l'éclaire, le réduise, au lieu de lui adresser ce regard fuyant, ce soupir impuissant. Pour un peu, il pourrait même ajouter comme n'importe qui d'autre que ce sont les mystères de la nature. Il attend puis précise que sa mère portait justement une robe pleine d'étoiles, des étoiles blanches brodées, des étoiles de mer incurvées, pailletées, qui scintillaient dans la nuit, que ce même soir, des cris ont retenti qui les chassaient du paradis. Que ces mêmes étoiles sont devenues des agrégats de poussière sur le fourreau noir dans lequel elle a enterré il y a quelques semaines celle qui faisait encore d'elle une étoile justement, Maria Silva.

Bob Taylor avoue qu'il est perdu entre toutes ces étoiles.

Lancé, il insiste, lui demande pourquoi c'est sa sœur qui est sortie toute tordue, avec sa hanche luxée, incapable de marcher, et non pas lui, avec le départ, le bateau, le chagrin, de quoi largement sortir un os de sa cavité, n'est-ce pas ? Pourquoi elle et pas moi ? Alors le médecin l'invite à entrer dans son grand bureau et dit, calme-toi.

Il s'assoit et avise aussitôt la photo encadrée. C'est Hans ? demande-t-il, sûr de la réponse. Il est exactement comme il l'imaginait.

Allez, raconte-moi.

Les yeux rivés sur le portrait, il commence. La blondeur presque blanche des cheveux de Hans tantôt l'éblouit, ralentit son récit, tantôt au contraire l'aimante et l'accélère.

Comment sais-tu tout ce que tu sais ? lui demande Bob Taylor quand il a terminé. J'ai entendu ma mère en parler un soir, le soir de la conférence, alors qu'elle pensait que je dormais. À cet instant précis, tandis qu'il se revoit sur le lit de Pepito, recroquevillé de l'autre côté du mur, une amplitude en lui se déploie, une perspective, un avenir. Comme Bob Taylor, comme Hans, il sera médecin. Pour se hisser, il prendra appui sur une lignée de prédécesseurs incertains, fragiles, illégitimes, des ancêtres à leur façon, à commencer par Flynn. Qu'il soit mort ou vivant, en Italie ou dans le cœur de sa mère, il en finira avec toute cette histoire. Des larmes viennent gonfler ses yeux, l'empêcher de ciller, de faire disparaître ne serait-ce que dans un infime battement de cils le destin qui vient d'apparaître.

Le soir même, à la maison, il se déplace lentement, encore tout ému de sa vision, de sa certitude. Depuis le couloir qu'il remonte à pas feutrés, il aperçoit sa mère, seule au salon, qui saisit le portrait de son grand-père et lui parle. Des murmures sourds, plaintifs, où il distingue le prénom de Maria, de sa sœur, mais à aucun moment le sien. Il tend l'oreille : il y est question de solitude et d'inquiétude, mais des souhaits et des vœux qu'elle envoie, là-bas, de l'autre côté de la mer, il ne fait plus partie. Délogé, chassé lui aussi du paradis. Alors pour la contrarier, l'obliger, il s'avance et dit Flynn, comme on souffle sur une fleur, une aigrette toxique, avec une délicatesse perfide. Elle sursaute puis, le regard effaré, se fige, ne choisit pas entre les deux réponses possibles qu'elle pourrait lui faire : Tu veux parler d'Errol Flynn ? ou, Ne prononce jamais ce nom devant ton père.

Le jour où la petite quitte enfin l'hôpital pour rentrer à la maison, Robert Taylor l'invite à venir seul et discrètement dans son bureau. Il lui tend un paquet. C'est un cadeau qu'il a reçu de son père qui l'a reçu de son père et ainsi de suite. Il est pour lui à présent. Mais Hans ? dit-il, les doigts tremblants, il devrait être pour Hans. Hans en aura d'autres. Certains legs bifurquent, font des fausses routes, c'est comme ça. C'est le livre d'un grand auteur, c'est en allemand, un très beau livre, précise le médecin. Deux questions lui viennent aussitôt qu'il ne pose pas : est-ce qu'il pourra le lire ? à qui le transmettra-t-il à son tour ?

De retour dans la chambre, il glisse l'ouvrage dans l'un des sacs de sa sœur, à l'abri des regards. Une fois arrivé à la maison, il se précipite dessus, le cache sous son pull et l'emporte dans sa chambre. Il le place sous son lit, là où il n'y a plus aucun trésor depuis longtemps.

Six mois plus tard, elle marche sans l'aide de personne, sur le tapis, devant la télévision, dans toute la maison. Sa mère l'habille de robes désormais, des blanches, des bleues, tandis qu'elle-même opte plutôt pour des pantalons. Comme Lana à la fin d'*Imitation of Life*, laisse-t-elle échapper une fois. La petite est devenue le spectacle, la mire en couleur, le papillon qui ne s'envole plus au moindre souffle et qui supporte tous les regards, tous les applaudissements. Bientôt, il l'emmènera dans le parc, près du hêtre roux, autour duquel on a tendu d'autres filets. Avec lui, elle basculera sur les mains et, ensemble, ils marcheront dans le ciel.

ÉPILOGUE

Regarde, dit-il en brandissant un livre qu'il lui a rapporté de là-bas. Il le dépose sur ses genoux.

C'est un livre lourd, épais, aux arêtes tranchantes, qu'il manipule avec précaution pour ne pas blesser la peau de ses cuisses devenue si fine. Il commence à tourner les pages, tout doucement.

Des visages surgissent, des sourires posés, des dents blanches. Veronica Lake, Betty Grable, Carole Lombard, Bette Davis défilent mais ne suscitent rien. À l'inverse, elle reconnaît celles que plus personne ne connaît, Ida Lupino, Myrna Loy, Lizabeth Scott. Leurs noms fusent avant même qu'il n'ait le temps de lire les légendes sur les côtés. Il se réjouit de ce réveil lent mais sûr. Devant le portrait de Gene Tierney, elle dit « la pauvre », et devant celui de Gloria Grahame, « la méchante ». Ses jugements candides lui servent de corde car elle avance désormais en aveugle qui ne discerne plus ni les formes ni les couleurs, malgré la quadrichromie flamboyante et le Technicolor. Devant Hedy Lamarr, elle ouvre la bouche sans parvenir à la nommer.

Regarde encore, lui dit-il, en remplaçant le

grand livre par la série de photos que Pepito avait prises d'elle.

Elle hésite, puis murmure :

Maria, c'est le fourreau de Maria...

Oui mais encore ?

Il égrène d'autres noms pour la mettre sur la voie, Rita, la Columbia, Jean Louis, mais elle plisse les yeux, ne trouve pas. Et quand il lui suggère le nom de Gilda, elle le répète, Gilda, Gilda, mais rien d'autre ne vient.

Hollywood aura été un piano noir sous lequel il se sera recroquevillé, vibrant sous les inlassables exécutions de sa mère, perfusé par ses mélodies, ses refrains. Mais le piano aura fondu, laissant une flaque de mémoire criblée d'images et de noms vacillants, pour ainsi dire ensevelis, d'imperceptibles têtes d'épingles piquées sur un morceau de satin noir.

Il détourne les yeux, fixe l'écran de télévision éteint devant eux, aperçoit le reflet de leurs deux silhouettes. Puis, dans un souffle, il dit, Flynn.

Une lueur semble allumer son regard vitreux. Mince, furtive, filante, douée d'une vitesse dont tout le reste de son corps est désormais devenu incapable.

DU MÊME AUTEUR

MÈRE AGITÉE, Seuil, 2002 (Points Seuil n° 1093).

C'EST L'HISTOIRE D'UNE FEMME QUI A UN FRÈRE, Seuil, 2004.

LES MANIFESTATIONS, Seuil, 2005 (Folio n° 6127).

UNE ARDEUR INSENSÉE, Flammarion, 2009.

LES FILLES ONT GRANDI, Flammarion, 2010.

TITUS N'AIMAIT PAS BÉRÉNICE, P.O.L, 2015, prix Médicis 2015 (Folio n° 6254).

J'AIME PAS MES CHEVEUX !, Albin Michel Jeunesse, 2017.

QUI VEUT AVOIR LES YEUX BLEUS ?, Gallimard Jeunesse, 2018.

LES SPECTATEURS, P.O.L, 2018 (Folio n° 6699).

SUR LES MAINS, Gallimard Jeunesse, 2019.

CLIC-CLAC, P.O.L, 2019.

EN DÉCOUDRE, P.O.L, 2019.

COLLECTION FOLIO

Dernières parutions

6396. Jim Harrison — *La fille du fermier*
6397. J.-K. Huysmans — *La Cathédrale*
6398. Simone de Beauvoir — *Idéalisme moral et réalisme politique*
6399. Paul Baldenberger — *À la place du mort*
6400. Yves Bonnefoy — *L'écharpe rouge* suivi de *Deux scènes et notes conjointes*
6401. Catherine Cusset — *L'autre qu'on adorait*
6402. Elena Ferrante — *Celle qui fuit et celle qui reste. L'amie prodigieuse III*
6403. David Foenkinos — *Le mystère Henri Pick*
6404. Philippe Forest — *Crue*
6405. Jack London — *Croc-Blanc*
6406. Luc Lang — *Au commencement du septième jour*
6407. Luc Lang — *L'autoroute*
6408. Jean Rolin — *Savannah*
6409. Robert Seethaler — *Une vie entière*
6410. François Sureau — *Le chemin des morts*
6411. Emmanuel Villin — *Sporting Club*
6412. Léon-Paul Fargue — *Mon quartier et autres lieux parisiens*
6413. Washington Irving — *La Légende de Sleepy Hollow*
6414. Henry James — *Le Motif dans le tapis*
6415. Marivaux — *Arlequin poli par l'amour et autres pièces en un acte*
6417. Vivant Denon — *Point de lendemain*
6418. Stefan Zweig — *Brûlant secret*
6419. Honoré de Balzac — *La Femme abandonnée*
6420. Jules Barbey d'Aurevilly — *Le Rideau cramoisi*

6421. Charles Baudelaire   *La Fanfarlo*
6422. Pierre Loti   *Les Désenchantées*
6423. Stendhal   *Mina de Vanghel*
6424. Virginia Woolf   *Rêves de femmes. Six nouvelles*
6425. Charles Dickens   *Bleak House*
6426. Julian Barnes   *Le fracas du temps*
6427. Tonino Benacquista   *Romanesque*
6428. Pierre Bergounioux   *La Toussaint*
6429. Alain Blottière   *Comment Baptiste est mort*
6430. Guy Boley   *Fils du feu*
6431. Italo Calvino   *Pourquoi lire les classiques*
6432. Françoise Frenkel   *Rien où poser sa tête*
6433. François Garde   *L'effroi*
6434. Franz-Olivier Giesbert   *L'arracheuse de dents*
6435. Scholastique
     Mukasonga   *Cœur tambour*
6436. Herta Müller   *Dépressions*
6437. Alexandre Postel   *Les deux pigeons*
6438. Patti Smith   *M Train*
6439. Marcel Proust   *Un amour de Swann*
6440. Stefan Zweig   *Lettre d'une inconnue*
6441. Montaigne   *De la vanité*
6442. Marie de Gournay   *Égalité des hommes et des
     femmes et autres textes*
6443. Lal Ded   *Dans le mortier de l'amour
     j'ai enseveli mon cœur...*
6444. Balzac   *N'ayez pas d'amitié pour moi,
     j'en veux trop*
6445. Jean-Marc Ceci   *Monsieur Origami*
6446. Christelle Dabos   *La Passe-miroir, Livre II. Les
     disparus du Clairdelune*
6447. Didier Daeninckx   *Missak*
6448. Annie Ernaux   *Mémoire de fille*
6449. Annie Ernaux   *Le vrai lieu*
6450. Carole Fives   *Une femme au téléphone*
6451. Henri Godard   *Céline*
6452. Lenka Horňáková-
     Civade   *Giboulées de soleil*

6453. Marianne Jaeglé   *Vincent qu'on assassine*
6454. Sylvain Prudhomme   *Légende*
6455. Pascale Robert-Diard   *La Déposition*
6456. Bernhard Schlink   *La femme sur l'escalier*
6457. Philippe Sollers   *Mouvement*
6458. Karine Tuil   *L'insouciance*
6459. Simone de Beauvoir   *L'âge de discrétion*
6460. Charles Dickens   *À lire au crépuscule et autres histoires de fantômes*
6461. Antoine Bello   *Ada*
6462. Caterina Bonvicini   *Le pays que j'aime*
6463. Stefan Brijs   *Courrier des tranchées*
6464. Tracy Chevalier   *À l'orée du verger*
6465. Jean-Baptiste Del Amo   *Règne animal*
6466. Benoît Duteurtre   *Livre pour adultes*
6467. Claire Gallois   *Et si tu n'existais pas*
6468. Martha Gellhorn   *Mes saisons en enfer*
6469. Cédric Gras   *Anthracite*
6470. Rebecca Lighieri   *Les garçons de l'été*
6471. Marie NDiaye   *La Cheffe, roman d'une cuisinière*
6472. Jaroslav Hašek   *Les aventures du brave soldat Švejk*
6473. Morten A. Strøksnes   *L'art de pêcher un requin géant à bord d'un canot pneumatique*
6474. Aristote   *Est-ce tout naturellement qu'on devient heureux ?*
6475. Jonathan Swift   *Résolutions pour quand je vieillirai et autres pensées sur divers sujets*
6476. Yājñavalkya   *Âme et corps*
6477. Anonyme   *Livre de la Sagesse*
6478. Maurice Blanchot   *Mai 68, révolution par l'idée*
6479. Collectif   *Commémorer Mai 68 ?*
6480. Bruno Le Maire   *À nos enfants*
6481. Nathacha Appanah   *Tropique de la violence*

6482. Erri De Luca — *Le plus et le moins*
6483. Laurent Demoulin — *Robinson*
6484. Jean-Paul Didierlaurent — *Macadam*
6485. Witold Gombrowicz — *Kronos*
6486. Jonathan Coe — *Numéro 11*
6487. Ernest Hemingway — *Le vieil homme et la mer*
6488. Joseph Kessel — *Première Guerre mondiale*
6489. Gilles Leroy — *Dans les westerns*
6490. Arto Paasilinna — *Le dentier du maréchal, madame Volotinen et autres curiosités*
6491. Marie Sizun — *La gouvernante suédoise*
6492. Leïla Slimani — *Chanson douce*
6493. Jean-Jacques Rousseau — *Lettres sur la botanique*
6494. Giovanni Verga — *La Louve et autres récits de Sicile*
6495. Raymond Chandler — *Déniche la fille*
6496. Jack London — *Une femme de cran et autres nouvelles*
6497. Vassilis Alexakis — *La clarinette*
6498. Christian Bobin — *Noireclaire*
6499. Jessie Burton — *Les filles au lion*
6500. John Green — *La face cachée de Margo*
6501. Douglas Coupland — *Toutes les familles sont psychotiques*
6502. Elitza Gueorguieva — *Les cosmonautes ne font que passer*
6503. Susan Minot — *Trente filles*
6504. Pierre-Etienne Musson — *Un si joli mois d'août*
6505. Amos Oz — *Judas*
6506. Jean-François Roseau — *La chute d'Icare*
6507. Jean-Marie Rouart — *Une jeunesse perdue*
6508. Nina Yargekov — *Double nationalité*
6509. Fawzia Zouari — *Le corps de ma mère*
6510. Virginia Woolf — *Orlando*
6511. François Bégaudeau — *Molécules*
6512. Élisa Shua Dusapin — *Hiver à Sokcho*

6513. Hubert Haddad — *Corps désirable*

6514. Nathan Hill — *Les fantômes du vieux pays*

6515. Marcus Malte — *Le garçon*

6516. Yasmina Reza — *Babylone*

6517. Jón Kalman Stefánsson — *À la mesure de l'univers*

6518. Fabienne Thomas — *L'enfant roman*

6519. Aurélien Bellanger — *Le Grand Paris*

6520. Raphaël Haroche — *Retourner à la mer*

6521. Angela Huth — *La vie rêvée de Virginia Fly*

6522. Marco Magini — *Comme si j'étais seul*

6523. Akira Mizubayashi — *Un amour de Mille-Ans*

6524. Valérie Mréjen — *Troisième Personne*

6525. Pascal Quignard — *Les Larmes*

6526. Jean-Christophe Rufin — *Le tour du monde du roi Zibeline*

6527. Zeruya Shalev — *Douleur*

6528. Michel Déon — *Un citron de Limone* suivi d'*Oublie...*

6529. Pierre Raufast — *La baleine thébaïde*

6530. François Garde — *Petit éloge de l'outre-mer*

6531. Didier Pourquery — *Petit éloge du jazz*

6532. Patti Smith — *« Rien que des gamins ». Extraits de Just Kids*

6533. Anthony Trollope — *Le Directeur*

6534. Laura Alcoba — *La danse de l'araignée*

6535. Pierric Bailly — *L'homme des bois*

6536. Michel Canesi et Jamil Rahmani — *Alger sans Mozart*

6537. Philippe Djian — *Marlène*

6538. Nicolas Fargues et Iegor Gran — *Écrire à l'élastique*

6539. Stéphanie Kalfon — *Les parapluies d'Erik Satie*

6540. Vénus Khoury-Ghata — *L'adieu à la femme rouge*

6541. Philippe Labro — *Ma mère, cette inconnue*

6542. Hisham Matar — *La terre qui les sépare*

6543. Ludovic Roubaudi — *Camille et Merveille*

6544. Elena Ferrante — *L'amie prodigieuse (série tv)*

6545. Philippe Sollers — *Beauté*

6546. Barack Obama — *Discours choisis*
6547. René Descartes — *Correspondance avec Élisabeth de Bohême et Christine de Suède*
6548. Dante — *Je cherchais ma consolation sur la terre...*
6549. Olympe de Gouges — *Lettre au peuple et autres textes*
6550. Saint François de Sales — *De la modestie et autres entretiens spirituels*
6551. Tchouang-tseu — *Joie suprême et autres textes*
6552. Sawako Ariyoshi — *Les dames de Kimoto*
6553. Salim Bachi — *Dieu, Allah, moi et les autres*
6554. Italo Calvino — *La route de San Giovanni*
6555. Italo Calvino — *Leçons américaines*
6556. Denis Diderot — *Histoire de Mme de La Pommeraye précédé de l'essai Sur les femmes.*
6557. Amandine Dhée — *La femme brouillon*
6558. Pierre Jourde — *Winter is coming*
6559. Philippe Le Guillou — *Novembre*
6560. François Mitterrand — *Lettres à Anne. 1962-1995. Choix*
6561. Pénélope Bagieu — *Culottées Livre I – Partie 1. Des femmes qui ne font que ce qu'elles veulent*
6562. Pénélope Bagieu — *Culottées Livre I – Partie 2. Des femmes qui ne font que ce qu'elles veulent*
6563. Jean Giono — *Refus d'obéissance*
6564. Ivan Tourguéniev — *Les Eaux tranquilles*
6565. Victor Hugo — *William Shakespeare*
6566. Collectif — *Déclaration universelle des droits de l'homme*
6567. Collectif — *Bonne année ! 10 réveillons littéraires*
6568. Pierre Adrian — *Des âmes simples*
6569. Muriel Barbery — *La vie des elfes*

6570. Camille Laurens   *La petite danseuse de*
                               quatorze ans
6571. Erri De Luca   *La nature exposée*
6572. Elena Ferrante   *L'enfant perdue. L'amie*
                               prodigieuse IV
6573. René Frégni   *Les vivants au prix des morts*
6574. Karl Ove Knausgaard   *Aux confins du monde. Mon*
                               combat IV
6575. Nina Leger   *Mise en pièces*
6576. Christophe Ono-dit-Biot *Croire au merveilleux*
6577. Graham Swift   *Le dimanche des mères*
6578. Sophie Van der Linden   *De terre et de mer*
6579. Honoré de Balzac   *La Vendetta*
6580. Antoine Bello   *Manikin 100*
6581. Ian McEwan   *Mon roman pourpre aux pages*
                               parfumées et autres nouvelles
6582. Irène Némirovsky   *Film parlé*
6583. Jean-Baptiste Andrea   *Ma reine*
6584. Mikhaïl Boulgakov   *Le Maître et Marguerite*
6585. Georges Bernanos   *Sous le soleil de Satan*
6586. Stefan Zweig   *Nouvelle du jeu d'échecs*
6587. Fédor Dostoïevski   *Le Joueur*
6588. Alexandre Pouchkine   *La Dame de pique*
6589. Edgar Allan Poe   *Le Joueur d'échecs de Maelzel*
6590. Jules Barbey d'Aurevilly *Le Dessous de cartes d'une*
                               partie de whist
6592. Antoine Bello   *L'homme qui s'envola*
6593. François-Henri Désérable *Un certain M. Piekielny*
6594. Dario Franceschini   *Ailleurs*
6595. Pascal Quignard   *Dans ce jardin qu'on aimait*
6596. Meir Shalev   *Un fusil, une vache, un arbre*
                               et une femme
6597. Sylvain Tesson   *Sur les chemins noirs*
6598. Frédéric Verger   *Les rêveuses*
6599. John Edgar Wideman   *Écrire pour sauver une vie. Le*
                               dossier Louis Till
6600. John Edgar Wideman   *La trilogie de Homewood*